L'amour frappe toujours deux fois

Du même auteur, dans la même série :

Si par hasard c'était l'amour

Stéphane Daniel

L'amour frappe toujours deux fois

RAGEOT

Couverture de Sophie Palhares

ISBN 978-2-7002-3447-3

Pour Pierre.

– … Et vous, quel objet vous ressemble ?
– Peut-être le vase près des rideaux…
– Parce qu'il est en jade blanc ?
– Parce qu'il lui manque une fleur.

Denis Boissier, *La Passion selon Golt*

La vie n'est pas simple. Elle peut devenir affreuse si on veut la rendre simple de force. Il faut l'accepter comme elle est. Il y a du bonheur et du malheur. Ils se tiennent comme deux frères siamois. On les tue tous les deux en les séparant.

Xavier Patier, *Le Migrateur*

On perdait son innocence en grandissant, bon, d'accord, tout le monde le savait bien, mais fallait-il aussi perdre tout espoir ?

Stephen King, *Cœurs perdus en Atlantide*

La case rentrée

C'est le corps tremblant que je contemplais Maud. Elle avait emprisonné ses cheveux dans un béret noir qui mettait en valeur le bleu piscine de ses yeux. J'y avais battu des records d'apnée. Ma respiration s'est bloquée, presque un réflexe. Ses lèvres se sont posées sur les miennes en un tendre geste de secouriste. Elles avaient le goût du paradis retrouvé. Je l'ai entraînée sur le parvis de la gare.

– Où tu m'emmènes ? a-t-elle demandé.

Nous nous connaissions depuis quelques semaines mais nous étions faits l'un pour l'autre depuis beaucoup plus longtemps. Le destin nous avait réunis à Fonlindrey, petit village de Bourgogne, au mois de juillet. Notre histoire s'était poursuivie en août. La lame de septembre venait de trancher net le calendrier et de séparer le couple que nous formions. Maud vivait à Dijon, moi à Paris. Un simple effort de volonté nous permettait de nous retrouver.

Je portais beau dans mon smoking. J'ai ouvert la porte de l'Aston Martin décapotable abandonnée sur le parking et j'ai contemplé les jambes de Maud qui se glissaient sous le tableau de bord.

– C'est une surprise, ai-je répondu en rejoignant le côté conducteur.

J'avais repéré un petit restaurant sur une péniche, avec Notre-Dame en décor réel et le plateau de fruits de mer éclairé par les phares des bateaux-mouches. En quelques minutes, nous devrions y être. D'un tour de clé, j'ai lancé le moteur.

Baignés par les lumières de Paris, nous avons foncé droit vers le soleil qui ensanglantait la Seine. Quai de la Tournelle, au feu rouge, Maud a posé sa tête sur mon épaule.

Dix minutes plus tard, nous franchissions la passerelle suspendue au-dessus d'une eau noire. Notre table nous attendait. Le serveur nous a installés et, en souriant, nous a lancé :

– Les œufs au plat sont prêts !

J'ai ouvert les yeux. Disparus l'Aston Martin, le crépuscule et le regard troublé de Maud. Devant moi, j'ai reconnu le mur de ma chambre. La voix pointue de papa avait crevé la bulle de mon rêve.

– À table !

Un soupçon d'agacement faisait vibrer ce second appel. J'ai quitté mon lit et rejoint la cantine, à temps pour voir mon père laisser glisser dans mon assiette de pauvres poussins liquides sous cloche glaireuse. Les deux jaunes sont venus se lover voluptueusement contre trois feuilles de salade qui ne connaîtront jamais le bonheur d'avoir été assaisonnées. Je me suis assis. C'était effrayant, j'avais l'impression que l'assiette me regardait, les œufs écarquillés !

– C'est le repos du guerrier, dis-moi ! ai-je fini par déclarer.

– Que dois-je comprendre ?

– Que pour un cuisinier de ton envergure, le repas de ce soir fait pitié !

– Écoute ! Quand on passe ses journées à mitonner des sauces complexes, à marier des saveurs et à traquer l'originalité, on apprécie certains soirs un retour aux fondamentaux.

– De là à reprendre le menu étape du restaurant d'Alcatraz !

Ma mère a mollement volé à son secours.

– N'exagère pas ! C'est excellent les œufs au plat ! Plein de protéines !

– Et au dessert, on mâche de la réglisse ?

– Mange. Tu dois prendre des forces pour demain.

Je me suis coupé une demi-baguette qui a fondu en piqué sur l'âme morte des gallinacés et j'ai lapé mes protéines en silence.

En attaquant la salade, j'ai eu un peu l'impression d'être Panpan dans *Bambi*, mais mes pensées s'étaient presque toutes envolées vers ce fameux demain qu'ils avaient évoqué avec finesse. Demain, jour de reprise des cours. Demain, retour au bahut. Demain, fin officielle des vacances. Demain, tu pues !

– À propos, a dit papa en s'adressant à sa tendre épouse, j'ai eu Siman au téléphone tout à l'heure. Les travaux commencent dans une semaine.

– C'est merveilleux !

– Bon sang, me suis-je écrié, j'avais complètement oublié cette histoire !

Mon père m'a regardé en secouant la tête.

– Ce n'est pas faute de te l'avoir rappelée. Mais, ces derniers temps, tu nous as semblé un peu ailleurs.

Il a échangé avec ma mère d'abjects sourires entendus. La référence à Fonlindrey manquait de subtilité, certes, mais grâce à elle il marquait des points. En effet, je devais le lui accorder, les allusions aux Grands Travaux n'avaient pas manqué durant notre séjour paradisiaque en Bourgogne. Mon père avait même explosé son forfait en négociant les devis avec les entrepreneurs contactés.

Seulement, quand on passe ses journées entouré de potes précieux et avec la plus extraordinaire fille de l'univers emboîtée au creux de son bras, la perspective d'un nuage de plâtre obscurcissant l'avenir passe au second plan.

Jusqu'à la semaine dernière, l'avenir n'existait pas. J'étais immergé dans un présent éternel, une félicité amniotique qui m'empêchait de percevoir distinctement les sons venus de l'extérieur.

Maud. Nous étions séparés depuis cinq jours et je ressentais les premiers effets du manque, comme si, à vouloir déjà atteindre le moment de la retrouver, mon présent puisait dans ses réserves. Nous nous étions copieusement appelés depuis notre séparation, au point que la puce de mon portable avait fondu, mais la douceur de ses lèvres, l'odeur prisonnière de sa nuque, se perdaient dans les ondes, entre là-bas et ici. Les rêves me la ramenaient, mais le quotidien me l'arrachait. J'ai levé la main.

– Ces travaux consistent en quoi exactement ?

– Simple, on refait tout, a expliqué mon père avec un large mouvement des bras pour illustrer la chose. Ce qui s'appelle tout. L'intervention de nombreux corps de métier nécessite d'avoir aux commandes un excellent coordinateur. Ce Siman est un pro. Il a travaillé chez l'ami d'un collègue qui était, paraît-il, ravi.

Des renseignements de première main, donc.

– J'ai compris, ai-je soupiré. Des ouvriers venus des cinq continents vont semer le chaos chez nous.

Maman s'est offusquée.

– Gaspard, tu vois toujours tout en noir ! Si tu pars du principe que tout se passera bien, tu augmentes tes chances de voir les événements se plier à tes désirs.

Cette phrase, extraite de *Télé Z*, concluait l'horoscope des Capricorne pour le mois de septembre. Maman était Capricorne. Siman l'était-il ?

Je n'ai pas relevé.

– Au lieu de partir du principe, si on partait tout court ?

– Où irions-nous ? m'a demandé mon père, ouvert à toute proposition constructive.

– On s'installe au *Ritz* le temps que les barbares saccagent notre habitat.

– Ce sera prélevé sur ton argent de poche.

– D'accord, on reste. Ça s'organise comment ?

– Lorsque le salon, la cuisine et la salle de bains seront achevés, ils s'attaqueront à ta chambre. Pendant quelques jours, tu devras t'installer dans le salon. Quand notre tour viendra, nous t'y remplacerons. On campera un peu mais ce sera rigolo.

– Je ris déjà.

– Gaspard ! a réagi ma mère. Pourquoi tant de méfiance ?

– Si j'invoque ce qu'on appelle un sombre pressentiment, vous allez me croire ?

– Non ! ont-ils répondu dans un bel ensemble.

Puis mon père a continué en solo.

– Tu devrais préparer tes affaires pour demain.

– Elles sont prêtes.

Il a haussé les épaules et servi le chariot des desserts. Yaourts. Pour une formule à cent trente euros, vin non compris, j'ai senti l'arnaque.

Je me suis dépêché de finir et j'ai regagné mon royaume puisque consigne m'en avait été donnée.

J'ai fini par retrouver mon sac. Il était tassé dans le fond du placard, sous mes rollers en putréfaction et mon pantalon de survêtement. L'Eastpak avait bien supporté l'été. Je l'ai ouvert et j'ai jeté un œil sur le contenu. Rigoureusement semblable au dernier jour de classe. Le préparer pour le lendemain ne m'a pas pris un temps fou. J'ai juste enlevé le rat crevé et balancé mon agenda. J'étais paré. Mais prêt, non.

Si j'avais eu à choisir, je me serais téléporté à Dijon auprès de Maud. Avec elle, j'avais vécu des jours fabuleux. Un petit Gaspard invisible, constitué de ce que j'avais de meilleur, continuait à pendre au bout d'une chaîne autour de son cou. Quand la reverrais-je ? Des milliards de kilomètres nous séparaient. J'étais conscient que des hordes de prétendants allaient profiter de cet éloignement fatal pour l'assiéger.

Certes, étant le plus merveilleux des garçons, je n'avais aucune raison objective d'être jaloux. Il n'empêche qu'ayant déjà feuilleté *Glamour*, je connaissais les filles. Dans le miroir que lui tendraient des yeux enfiévrés, et le visage de Maud était capable de faire bouillir le mercure des thermomètres, étais-je assuré de toujours apparaître ? Et face à ces compliments intéressés, ces flatteries concupiscentes, ces déclarations mielleuses, qu'allaient peser mes coups de fil, mes lettres, mes SMS, sinon leur poids de virtualité ?

Quand ces pensées m'assaillaient, je m'allongeais un moment sur le lit de ma chambre avec une serviette humide posée sur le front et j'essayais de penser en latin.

J'ai foncé sur le téléphone et tenté de joindre son portable. Messagerie. Je me suis rabattu sur le fixe. Je voulais entendre sa voix comme on s'inflige une piqûre de rappel avant de déclarer une maladie. Je suis tombé sur sa mère qui m'a annoncé qu'elle était absente. Quelque chose dans sa façon de me répondre ne m'a pas plu ; comme si cette absence l'amusait. N'étais-je plus le gendre idéal ? Avait-on décroché mon portrait au-dessus du buffet pour le balancer aux encombrants ?

J'ai raccroché et fait un nœud à mon amour.

Inutile. Je ne risquais pas de l'oublier.

Du neuf avec de l'ancien

L'école primaire terminée, toute rentrée scolaire sent le moisi. Mêmes fiches à remplir, mêmes salles de classe aux murs écaillés, mêmes couloirs de la mort et même défilé de profs bardés de cahiers d'appel neufs et d'un enthousiasme inquiétant. Heureusement, retrouver quelques têtes connues vous aide à supporter l'épreuve. Celles de Karen et Steve m'ont réconcilié avec l'instant.

Karen Lorient ne passe pas inaperçue. En seconde, pendant sa période post-punk du premier trimestre, elle avait un peu abusé de la crête rouge, du maquillage panda et des piercings. Voyager à l'étranger lui était interdit ; à son passage, les portiques de détection transformaient l'aéroport en vitrine de Noël. À chaque fois qu'en SVT, un point du programme abordait le thème des infections, Karen tirait la langue pour exhiber sa perle scintillante, ce qui provoquait chez la prof des haut-le-cœur prolongés.

Lorsqu'elle avait senti qu'on s'habituait à son look, elle en avait changé, optant pour un style gothique d'une sobre noirceur. Nous partagions la cour avec celle du collège. Parce qu'ils l'apercevaient pendant les récréations, les petits de sixième faisaient d'épouvantables cauchemars la nuit, se réveillant en sueur, hurlant que leur bahut était hanté. Durant cette période, Karen avait acquis une connaissance encyclopédique du rock gothique scandinave. Je ne souhaite à personne de partager cette passion. Elle m'avait prêté un CD. Au premier morceau, chez moi, toutes les vitres avaient explosé.

Là, j'ai failli ne pas la reconnaître. Elle était presque normale : jean avec des tongs, tee-shirt moulant et cheveux courts en brosse. Une sorte de Pink qui revient de la plage. L'absence de maquillage mettait ses yeux verts en valeur.

Même Steve a sifflé, admiratif.

– Dis donc, t'as mis de l'eau dans ton look !

– Je me cherche un peu en ce moment, a-t-elle répondu avec un léger sourire.

Sourire qui pouvait signifier qu'elle était sensible à nos regards transis, ou qu'elle savourait particulièrement la remarque provenant d'un type dont l'originalité vestimentaire n'est pas la marque de fabrique.

À sa naissance, les parents de Steve lui ont acheté deux mille vestes en cuir noir, trois mille cartons de chemises noires, sept cents caisses de pantalons noirs, un trente tonnes de chaussettes noires et des containers de bottines noires. Il porte donc la même tenue depuis qu'il est bébé. Avantage : le matin, pas de prise de tête excessive au moment de choisir une tenue. Inconvénient : certaines filles pensent que c'est le roi des porcs et qu'il ne se change jamais.

Devant l'entrée, nous avons prononcé deux ou trois banalités et réintégré le pénitencier.

Regroupés dans le fond de la classe où nous étions toujours domiciliés, nous avons assisté à l'entrée de notre prof principal, M. Stavros, matheux de son état, qui étrennait sa nouvelle mallette en cuir. Il l'a posée sur le bureau comme s'il allait la mettre aux enchères.

J'ai levé la main pour proposer une mise initiale d'un centime.

– Oui monsieur Corbin ? m'a-t-il demandé, un sourcil arqué.

– Est-ce qu'on va travailler aujourd'hui ? ai-je hasardé, à court d'idée.

– Aujourd'hui, je ne pense pas, mais dès demain, nous essaierons de rattraper le retard que nous aurons déjà accumulé.

– Pas à cause de moi, tout de même ?

– Certes non. Cette année, je sens que vous serez un exemple pour vos camarades.

– En effet, j'ai pris de bonnes résolutions pendant l'été, m'sieur.

Pourquoi cette confession déchirante a-t-elle déclenché dans l'assistance des gloussements moqueurs? Mystère.

– Rassurez-moi, la matière que j'enseigne est bien concernée?

– Au premier degré.

Il a hoché la tête, absolument pas convaincu. Mais en première ES, nous serions nombreux à nous passer de son enthousiasme. Il m'a ensuite ignoré pour faire l'appel. J'ai profité de l'interlude pour vérifier le trombinoscope de nos compagnons de misère.

Dans le lot, puisqu'une partie de la classe de seconde se retrouvait, de nombreuses têtes connues, dont le quota habituel de fayots qui se disputent à la machette le privilège d'occuper les places du premier rang et qui rateraient le dernier épisode de *Lost* pour résoudre une équation du deuxième degré (pour eux, je propose la camisole chimique). Ensuite s'égrainait la liste du ventre mou, les pâlichons qui ont 12 en histoire-géo, 11 en espagnol et qui grimpent la moitié de la corde en gym. Enfin, on pouvait compter les phénomènes.

– Cooper Lafosse! a appelé le prof.

– Présent!

C'en est un. Chemise de bûcheron parfumée à l'aisselle de caribou, cheveux longs et pantalon de velours cigarette, avec un visage aussi tranchant qu'un kriss.

Son truc à lui, c'est la politique. Il milite dans un syndicat lycéen et a appris à lire dans les tracts du parti communiste que photocopiaient d'une main ses parents tandis que de l'autre ils lui changeaient ses couches importées d'Europe de l'Est. L'individu a coutume de dire que le corps professoral est oppresseur, que nous sommes des moutons formatés par le système et il prône l'avènement d'une révolution radicale pour libérer nos consciences. En histoire-géo, il ramène sa fraise à tout bout de champ, et pas systématiquement pour dire n'importe quoi. J'aime bien.

Stavros a bientôt prononcé un autre nom connu.

– Rayah Kechiche !

– Présente !

Rayah cohabitait avec Cooper au deuxième rang.

Des cheveux noirs et frisés combinés à une tenue sur le choix de laquelle elle ne doit pas passer plus de cinq minutes par an empêchent qu'on la confonde avec une bimbo, mais son regard vous cloue au mur. Logé dans un corps négligé, son noyau central irradie. Pour elle, 19 est une mauvaise note. À 17, elle s'est complètement plantée.

Par ailleurs, je n'ai jamais vu quelqu'un d'aussi performant afficher une telle nonchalance. En classe, elle joue avec un crayon ou paraît dormir. Et inutile d'essayer de profiter des notes qu'elle prend en cours, elle n'en prend pas. À croire qu'on lui a greffé un dictaphone dans le cerveau.

J'avance une explication. Elle est le produit d'une expérience secrète de l'armée destinée à créer des mutants et s'est échappée du laboratoire pour être recueillie par une famille stérile et aimante. Bien décidée à maintenir ses capacités intactes, elle se drogue. Je ne vois que ça. Pour la battre, il faut avoir 21 de moyenne. Je ne suis pas intéressé.

– Nathalie Verdier ?

– Je suis là.

À la verticale de la main levée, j'ai repéré du sang neuf, une jolie blonde. Je n'étais pas le seul. Steve m'a flanqué un coup de coude perçant.

– T'as vu la bombe atomique ?

Mon ami Steve possède une pensée plus riche que son vocabulaire. Même sa sensibilité ne s'y reflète pas, faute de surface.

Je me suis légèrement penché vers mon voisin afin d'approfondir le propos quand le radar de Stavros m'a accroché.

– Monsieur Corbin veut-il faire l'appel à ma place ?

– J'en serais bien incapable, monsieur.

Les rires préenregistrés ont envahi la salle, puis le prof, d'un regard courroucé, a coupé le son. À l'exception d'une voix qui, du fond de la classe mais côté couloir, a lancé :

– On tient un comique ici !

Steve, Karen et moi avons tourné la tête dans un ensemble parfait.

La remarque était l'œuvre d'un type qui dégageait une dose exceptionnelle de goguenardise. Avachi sur sa chaise, les deux avant-bras posés sur la table, il toisait l'assemblée avec un petit sourire suffisant.

– Jeune homme, je n'ai pas besoin d'un assesseur, l'a cueilli le prof.

– Ça tombe bien, je n'ai pas le profil !

– Hum ! Je vois, a dit Stavros en se penchant sur sa liste et en l'étudiant quelques secondes. Ne seriez-vous pas Logan Wagner ?

– J'ai cet honneur.

– Le mot n'est peut-être pas approprié. Si je lis correctement, vous en êtes à votre troisième établissement en quatre ans. Je me trompe ?

– Non.

– J'ose espérer que le nôtre aura l'heur de vous satisfaire.

– Je vous le ferai savoir.

M. Stavros a blêmi.

– Il faudra que vous adoptiez un autre ton. Sinon, j'ai peur que vous ne fassiez ici qu'un passage éclair !

Logan Wagner s'est redressé. Son sourire restait collé à ses lèvres comme un trait dessiné sur un sparadrap. D'un mouvement négligé du pouce, il m'a désigné.

– Vous ne lui avez pas parlé de son ton à l'autre clown ?

Le prof a encore blêmi. Pourtant, il ne lui restait plus beaucoup de sang en réserve. Il a préféré passer à autre chose, ce qui a eu l'air de plaire énormément à Hyène Ricaneuse. J'ai senti mes maxillaires se contracter. J'avais rêvé ou il m'avait cherché ?

– On a hérité d'une belle tache !

Steve avait fait preuve d'un remarquable esprit de synthèse. J'ai regardé le transfuge, mon visage affichant la terrifiante froideur des tueurs en série lorsqu'ils aiguisent leur poignard cranté. L'autre m'a adressé un clin d'œil de défi.

J'ai méprisé.

J'ai marqué mon calendrier d'une croix rouge. Une de moins. La première journée n'est certes pas la pire mais c'est en général la plus longue. Celle-ci avait duré environ cinq ans. Nous avions en poche la liste des profs et l'emploi du temps, les deux documents qu'on nous aurait forcément réclamés à la douane et, devant l'entrée du bahut, nous commentions avec objectivité et retenue.

– Quand je pense qu'on hérite de cette nullité de Bouvier en anglais ! a lancé Karen. Même ma mère a un meilleur accent que lui ! L'anglais, on devrait l'apprendre en écoutant Nirvana en boucle. Non, Gaspard ?

– Je viens de comprendre pourquoi tu n'as pas été nommée ministre de l'Éducation nationale au dernier remaniement.

– En tout cas, il est cool l'emploi du temps, a dit Steve.

– T'as raison, on ne travaille pas le dimanche.

Autour de nous, la circulation s'intensifiait. D'autres classes passaient la porte, comme si l'établissement était une bête monstrueuse régurgitant des élèves peu à son goût. À l'écart du gros des troupes, j'ai repéré Logan. Il avait déjà son fan-club, trois ou quatre zozos que son récent statut de provocateur en chef avait conquis. Les mains dans les poches de son treillis, il paradait en racontant je ne sais quoi qui déclenchait des rires serviles. Il ne m'accordait aucune attention. J'allais devoir le négocier avec prudence.

– Oh ! Gaspard ! m'a averti Steve, galère en approche à trois heures !

Mon regard a consulté une boussole et verrouillé sa cible : Stéphanie, mon flirt défunt.

Je l'avais connue en juin l'an passé au cours d'une soirée organisée par Samir à Saint-Mandé. Pendant que les amateurs produisaient de la sueur gratuite en gigotant sur du funk progressif, elle avait eu droit à la parade du paon près du buffet (« Oserais-je te proposer une tequila-camomille ? »). Quelques gorgées enivrantes plus tard, j'avais entamé un numéro de charme enseigné dans les meilleures écoles.

Elle n'avait pas tardé à m'adresser un SMS romantique : « Jte kiffe ». À mon signal, Steve, le DJ, avait lancé *Blackout* de Muse (encaissant d'ailleurs immédiatement les cinq euros promis). Sur un tel morceau, même moi je serais sorti avec moi. Son corps de liane s'est abandonné contre les muscles de mon viril poitrail et nous avons échangé quelques paroles à bout portant. Notre relation était ensuite passée sur la face B. Un ou deux cinés, des balades sur l'île de la Cité, mais rien à faire, notre histoire était rayée.

De mon côté, pendant les vacances, j'avais rencontré Maud que j'avais épousée sans qu'elle en sache rien, avec qui j'avais eu plein d'enfants sans qu'elle en ait jamais eu vent et à côté de qui j'avais vécu heureux jusqu'à la fin de mes jours sans l'avoir consultée. Mon cœur était pris. À double tour.

– Bonjour Gaspard.

La mère de Stéphanie est thaïlandaise et son père lotois, un mélange particulièrement harmonieux.

– Salut, ça va ?

– Pas mal. On n'est toujours pas ensemble cette année !

J'ai marqué un stop, le temps de comprendre qu'elle parlait des classes qui nous avaient été attribuées. Un sourire coquin est venu souligner mon trouble. Stéphanie est une experte en sourires coquins. Elle a posé un bras sur mon épaule et s'est approchée, comme si elle avait un secret à me confier.

Son baiser m'a pris par surprise. Quand une fille comme Stéphanie écrase ses lèvres sur les vôtres, le cerveau connaît une phase d'engourdissement scientifiquement prouvé. Ensuite, elle s'est écartée.

– Pas de regret ? m'a-t-elle demandé.

Franchement gêné (derrière elle, Steve roulait des yeux envieux, l'air de dire ben mon salaud, et Karen nous observait avec un visage curieusement hostile), j'ai bafouillé :

– Je suis vraiment désolé, je n'ai pas envie de te mentir : j'ai rencontré quelqu'un.

– Moi aussi. Un proviseur, tout à l'heure. Plus des gens dans la rue.

– Tu sais bien de quoi je veux parler.

– Évidemment ! a rétorqué Stéphanie un peu agressive. Eh bien, je te souhaite beaucoup de bonheur.

Au ton utilisé, elle souhaitait donc que je meure sur-le-champ dans d'atroces souffrances. Elle m'a planté là dans une volte-face de reine blessée.

– T'es malade ou quoi ? a enchaîné Steve.

Au ton utilisé, mon pote se serait mis sur les rangs pour dépecer mon cadavre après l'inhumation. Je me sentais bien entouré.

Son regard s'est déporté vers un point situé au-dessus de mon épaule.

– Oh là là, qu'est-ce qu'elle est canon !

– Je le sais ! Le problème n'est pas là.

Il est resté la bouche ouverte, attendant qu'un couple de coucous y élève une famille.

– Je ne parlais pas de Stéphanie, a-t-il fini par articuler.

Je me suis retourné, mais à part une flopée de passants qui passaient, je n'ai rien remarqué qui vaille la peine de faire un arrêt cardiaque.

– Elle est partie, a-t-il ajouté tandis qu'un filet d'air reprenait le chemin de ses poumons. Tu me disais à propos de Stéphanie ?

– Je ne l'aime pas.

Ses yeux se sont agrandis. Encore un peu et son front disparaissait totalement.

– Tu ne l'aimes pas ?

Manifestement, il n'avait encore jamais établi de rapport entre l'amour et le baiser d'une fille. Je l'ai plaint jusqu'au fond de son âme, mais silencieusement car je n'avais pas le temps d'entamer un débat philosophique. Karen, qui n'avait rien manqué de nos échanges, a volé à mon secours.

– Pour une fois qu'un garçon fait preuve d'honnêteté, de franchise et de délicatesse, ne gâche pas le moment ! lui a-t-elle balancé.

Steve a levé les mains en signe de reddition. Karen n'a pas insisté. Nous étions intimes, mais j'ai mesuré à cet instant à quel point ce que je savais d'elle n'incluait pas l'essentiel. J'ai deviné qu'elle avait dû en baver. J'ai failli aborder le sujet mais elle ne m'en a pas laissé le loisir.

– Faut que j'y aille. À demain ?

– Pour le meilleur et pour le pire ! a dit Steve, un peu embarrassé.

Nous tournant le dos, elle a agité la main et filé vers la bouche de métro. En la suivant des yeux, j'ai croisé le regard de Logan qui s'est aussitôt détourné. Mais le petit sourire aperçu semblait flotter autour de lui comme une menace. Il n'avait rien perdu de la scène avec Stéphanie, j'en aurais mis sa main à couper.

Tiens ! Et puis sa tête avec !

Journal

Je regrette le temps où il ne battait pas. Une cage sans oiseau, c'est reposant. Aucun chant trompeur, du silence que strient des barreaux. Aujourd'hui, mon cœur est encombrant. Il filtre une douleur qui me remplit lentement. Mais je refuse de verser des larmes. Pourtant, Gaspard ne peut pas me voir. Il est trop loin, dans tous les sens du terme, loin de lui-même je pense. Je préfère le penser. Car sinon, cela signifie que je me suis trompée. Que j'ai été flouée. Que j'ai tenu le premier rôle dans un mensonge sur grand écran. La trahison, à quand remonte-t-elle ? À hier soir ou à la première seconde de notre rencontre ?

Je m'en veux tellement ! Toutes les pensées qui m'ont traversée lorsque je préparais mon sac, lorsque je tenais le billet dans ma main, ce soleil qui ne paraissait briller que pour moi, que pour allumer mes yeux avant que les siens n'y plongent, ces pensées, maintenant, se transforment en colère.

Pouvais-je me douter qu'il me prendrait dans sa main et fermerait le poing ? Je me repasse le film.

Fonlindrey. Sa première apparition dans notre arrière-salle de café, avec cet air si touchant qu'ont les garçons mal à l'aise qui déploient des trésors d'imagination pour le dissimuler quand on ne voit que ça. La pénombre me protégeait de son regard. Je la regrette. J'aurais dû rester dans ce coin de salle et n'en jamais sortir. L'ombre m'aurait effacée et je n'aurais connu ni la lumière ni la souffrance.

Le concert des Thugs. Il a pris ma défense face à un groupe de crétins. S'est fait taper dessus. Mes héros se retrouvent toujours à terre mais il l'ignorait. C'est parce qu'il a perdu qu'il m'a gagnée.

Le bal. La danse avec Peter, juste pour l'atteindre. Et il est venu. Et nous nous sommes embrassés. Jusqu'à ce que hier il en embrasse une autre.

Quel poison ai-je déposé sur mes lèvres ?

Je ne suis pas unique. Juste une fille sur la terre. Pas assez superficielle pour être tatouée sur sa peau. Pas assez profonde pour mériter d'être creusée. Pas assez réelle pour passer le cap de la distance. Pas assez présente pour occuper l'absence. Je suis une fille pas assez.

Gaspard, je suis venue te retrouver en ce jour de rentrée ! J'ai pris le train à Dijon, celui de 14 h 08, celui de la surprise des amoureux, j'étais là lorsque tu es sorti du lycée. J'aurais pu m'approcher silencieusement de toi, par-derrière, et poser mes paumes sur tes yeux en demandant : qui c'est ?

Ce moment, je l'avais tellement attendu, tellement préparé qu'il aurait pu être parfait et nous aider, planté dans nos mémoires, à traverser les absences à venir. J'étais là quand tu as retrouvé cette fille et que vos lèvres réunies m'ont envoyée en enfer. J'étais là, mais je ne le serai plus.

Regarde-moi disparaître maintenant…

Vous n'avez aucun message

J'ai appuyé sur la touche « envoi » et contemplé stupidement le minuscule écran qui gobait ma formule lapidaire : **ApL moi ou répon moi !**

Deux jours sans nouvelles, déjà ! Deux jours d'une centaine d'heures chacun. Je n'y comprenais rien.

Utilisant toute la panoplie des moyens de communication modernes, je m'acharnais à contacter Maud, mais mes tentatives se heurtaient à un silence décliné sous les formes les plus variées. Je harcelais son portable, lequel me basculait sans sommations sur l'annonce d'accueil. Mes messages étaient avalés par un trou noir en formation et j'avais obtenu un rôle central dans le thriller de la rentrée : *SMS ne répond plus*.

À part lui expédier des pigeons, quelle solution me restait-il ?

En dernier recours, j'avais décidé de tenter à nouveau ma chance à la maison mère. Comme elle paraissait en avoir pris l'habitude, Mme Demongeot m'avait annoncé que sa fille était absente. « Oui oui, je lui ferai part de votre appel. » Avec un perpétuel écho suspect au fond de la voix sous-entendant qu'une fois le téléphone raccroché, les chances de respecter cette promesse étaient de l'ordre de zéro pour mille.

Question : pourquoi refusait-elle de jouer les intermédiaires ? Pendant les vacances, je n'avais eu qu'à deux reprises l'occasion de la saluer et j'avais fait de mon mieux pour gagner sa confiance. Elle m'avait même soumis au détecteur de mensonge.

Compte rendu d'audition de l'aspirant Gaspard par l'agent répondant au nom de code « Mère de Maud » dans nos locaux sécurisés de Fonlindrey

Référence du dossier : 00000000001

– Vous vous appelez Gaspard Corbin ?
– Oui.
– Avez-vous déjà fumé de la marijuana ?
– Je me suis déjà trouvé en présence de fumeurs et j'ai donc pu, par inadvertance, inhaler des…

– Répondez par oui ou non, je vous en prie.
– Non.
– Avez-vous déjà eu un 0 en maths ?
– Si c'est 0,5, ça compte pareil ?
– Répondez par oui ou...
– Non.
– Avez-vous déjà fomenté des complots terroristes contre le territoire national ?
– Non.
– Lorsque vous épouserez ma fille, accepterez-vous qu'il y ait deux entrées au menu et qu'au dessert tonton Marcel chante Ne me quitte pas en s'accompagnant à la guitare sèche ?
– Plutôt crever. Enfin, je veux dire... oui, madame.
– Merci. Veuillez disposer. Nous vous contacterons.

Il n'était peut-être pas utile de paniquer, le silence de Maud devait avoir une explication dont la simplicité et l'évidence, révélées plus tard, me feraient hurler de rire.
– À table ! a crié ma mère.
J'ai quitté ma chambre et rejoint mes parents qui m'attendaient.

– Bonjour, ai-je lancé. Gaspard Corbin. Puis-je me joindre à vous ?

– Avec joie, a dit mon père. Tu peux même faire le service.

– Je ne pensais pas être réduit en esclavage aussi vite.

– La pénurie de main-d'œuvre qualifiée nous oblige, nous les petits patrons, à accélérer le processus.

J'ai partagé en trois la noble assiette de tomates vinaigrette en jetant un œil prudent vers mon père. Qui a nié avant que je commence l'interrogatoire.

– Si tu cherches un responsable, ce n'est pas moi.

– Ça a l'air délicieux, maman ! ai-je menti.

Mon père a secoué la tête et levé les yeux au ciel.

– Au lieu d'étaler ton hypocrisie, si tu nous racontais un peu ta rentrée.

– Rien de particulier, tu sais.

– Mais encore ?

– Notre classe hérite du plus navrant ramassis de profs psychopathes dont une académie ait jamais accouché.

– Il y a donc du progrès par rapport à l'an dernier ! s'est-il réjoui. Tu vois, je suis content, ça s'annonce bien ! Et en classe, tu as retrouvé tes complices ?

– Steve et Karen ?

– Karen, c'est la jeune fille qui est venue avec un rat sur l'épaule à ton anniversaire ? a demandé maman.

J'ai acquiescé.

– Très sympathique. Je ne suis pas surprise que vous vous entendiez bien.

– Oui, on est tous les trois ensemble.

– Le trio infernal s'est reformé ! s'est gaussé papa d'une voix sépulcrale.

– Tu ne devrais pas te moquer, l'ai-je repris. Pendant les cours, on ne bouge pas une oreille. Nous sommes conscients qu'en fin d'année nous aurons le bac français et que c'est très important.

Papa a approché son visage du mien et m'a scruté un instant. Puis il a souri.

– Tu m'as fait peur, Gaspard. Pendant un instant, j'ai cru que tu étais sérieux.

J'ai souri à mon tour.

– T'as marché, hein ? Non, en fait, on insulte les profs, on balance les chaises, on boit des bières en écoutant nos MP3...

– Je préfère ça, a dit mon père en avalant un quartier de tomate molle.

– Rigolez tous les deux ! nous a grondés maman. En attendant, les choses sérieuses commencent cette année. Et je compte sur toi, Gaspard, pour ne pas te disperser outre mesure.

– Juré ! Je ne crache pas mais le cœur y est.

– Apporte le rôti de veau au lieu de faire le malin.

J'ai obéi, allant même jusqu'à prendre l'initiative de servir dans la foulée les pommes de terre allumettes.

J'ai senti l'ambiance assez détendue pour glisser ma demande.

– Au fait, y aurait-il moyen d'augmenter mon forfait téléphonique cette année ?

– Pourquoi ? s'est enquis papa. Tu ne t'en sors pas avec tes deux heures ?

– Disons que c'est juste.

– Si on le passe à quatre heures, dans un mois tu nous supplieras de t'accorder un forfait illimité. La question n'est pas de savoir si deux heures sont suffisantes, mais ce que tu peux bien faire de tes deux heures !

– Je téléphone.

– À qui as-tu besoin de téléphoner deux heures chaque mois ?

Maman a posé sur papa un regard hautement réprobateur. Le regard de papa a marqué l'incompréhension. Le regard de maman a distinctement articulé que cette question était d'une lourdeur anthologique puisqu'il suffisait de remonter une semaine dans le temps pour deviner la réponse. Le regard de papa s'est donc assis dans la machine à remonter le temps d'une semaine, il a bouclé sa ceinture, fait le voyage et, à son retour, il s'est faiblement éclairé avant de se poser sur moi.

– Avec ta mère, on s'écrivait.

– C'était avant l'invention de la roue, ai-je observé avec tact.

– L'époque bénie où les enfants ne parlaient pas à table.

– Où tu vois des enfants ?

– Les adultes assument financièrement le choix de leurs forfaits.

– Donc la réponse est oui ?

– Donc la réponse est non, Gaspard. Je t'achèterai des timbres.

J'étais sûr qu'il allait refuser mais je ne voulais pas mourir sans combattre. Mon père est allergique aux portables. Mon père est le dernier spécimen vivant de tyrannocorbinus rex.

– Tu pourras quand même m'acheter une nouvelle peau de bête avant l'hiver ? La précédente perd ses poils.

Il est resté stoïque et a mastiqué silencieusement une bouchée de rôti. J'ai poursuivi sur un ton détaché.

– Personne n'a appelé en mon absence ?

Maman m'a observé. Comme d'habitude, j'ai eu l'impression de passer une IRM. Papa a rechaussé ses gros sabots et offert au veau un court répit.

– Ta copine ne peut pas appeler sur ton portable ? Même si ton forfait est épuisé, tu restes joignable, non ?

Maman a levé les yeux au ciel, l'air de dire ça y est, je demande le divorce, la coupe est pleine.

– Si tu mettais les infos ?

Elle avait sorti le carton rouge. Papa, exclu du terrain, s'est levé pour regagner les vestiaires la tête basse sous les sifflets du public.

Quelques secondes plus tard, la voix de l'homme tronc est sortie du poste. C'était l'heure des horreurs du monde. Maman en a profité.

– Il y a un souci avec Maud ?

– Pas du tout, ai-je menti habilement.

– Tu mens.

Comment avait-elle fait ? Le « habilement » était-il de trop ? En réalité, son sixième sens était démoniaque. J'allais devoir en lâcher un peu pour ne pas avoir à en lâcher trop.

– Nous avons quelques petits problèmes de communication en ce moment. Surtout de mon sens vers le sien.

– Il s'est passé quelque chose ?

– Non, rien. Je crois savoir qu'une minute après mon départ de Fonlindrey elle m'avait remplacé par un moniteur d'abdos fessiers mais ils m'appelaient régulièrement. Ils voulaient même que je sois témoin à leur mariage. Seulement voilà, depuis deux jours, c'est le silence radio.

– Bizarre, ça.

Ma mère ne m'avait pas été d'un grand secours. L'essentiel était qu'elle pense le contraire.

– Ça promet ! a ronchonné papa bruyamment du fond de son fauteuil.

La diversion est arrivée à point nommé. Nous l'avons rejoint. Des images de manifestations occupaient l'écran, assorties d'un commentaire sur un truc appelé contrat nouvelles embauches.

– Ils remettent ça ! a-t-il pesté en secouant la tête.

– Qui ? ai-je demandé.

– Le gouvernement. Ils planchent sur un nouveau type de contrat de travail, le frère siamois de celui qui a jeté dans les rues des milliers de gens en 2006 et flanqué une belle pagaille ! C'est ce que tu vois, là.

– C'est-à-dire ?

– Le premier contrat, c'est son nom de guerre, réservé aux moins de vingt-six ans qui désirent entamer leur vie professionnelle. D'une durée de deux ans, mais qui pourra être cassé par l'employeur sans réelle justification. Il donnerait droit à des formations en cas de rupture. Il devrait créer quatre-vingt mille emplois d'après nos stratèges économiques. Ce qu'il va créer, c'est quatre-vingt mille manifestants sur le boulevard Saint-Michel !

– Je comprends.

Je n'ai pas osé dire à mon père qu'à ce moment précis de l'histoire de ma vie je me foutais complètement de ce contrat. J'avais conscience que ce n'était pas bien mais, honnêteté, quand tu nous tiens...

– Ils n'ont même pas vu que premier contrat, ça faisait PC en abrégé ! s'est exclamé mon père. J'en connais qui ne vont pas apprécier le symbole.

J'ai immédiatement pensé à Cooper. Chez lui, on devait déjà sortir les banderoles et défiler de la salle de bains aux commodités en hurlant des slogans vengeurs.

– Qu'est-ce que tu en penses ? m'a demandé mon père d'une manière abrupte en tournant le buste vers moi.

– J'en pense que deux heures, c'est un peu court pour un forfait d'un mois.

– Je vois. Ta conscience politique est encore en germe. Le jour où le gouvernement annoncera une taxe sur les SMS, elle s'éveillera.

– Aux infos, ils n'ont pas annoncé que tu avais changé d'avis ? ai-je éludé.

– Non. Aucune dépêche en ce sens.

– Alors sache que je ne te rendrai pas visite quand tu seras en maison de retraite.

– Et sache que moi, je léguerai mes biens à des associations.

J'ai posé ma main sur son épaule et lancé :

– Bonne nuit, je vais me coucher.

– Bonne nuit, Gaspard, à demain.

Avant que je quitte la pièce, il a ajouté :

– Au fait, ne prévois rien pour ce week-end. Nous avons des cartons à faire.

– Les travaux commencent ?

– Oui, lundi prochain.

– Génial ! Et ils vont durer… ?

– Normalement, cinq semaines.

– D'accord, on va compter dix pour être tranquilles.

Sa dénégation féroce aurait pu entrer dans les annales.

– Cinq semaines, pas une seconde de plus. J'y veillerai.

Je ne me suis pas couché tout de suite, je ne suis pas une poule. J'ai survolé mon bouquin de français, picoré ma leçon d'anglais (tiens ! je suis une poule !) et secoué bruyamment mon sac pour faire croire que je le préparais.

Puis je me suis allongé sur mon lit avec mon MP3 chargé à bloc de morceaux recommandés par Vitas, le batteur d'un groupe appelé Les Thugs, un de mes potes rock'n'roll de Fonlindrey. J'avais effacé les Ramones, dont il était fana. Deux mille chansons de trente secondes composées avec trois accords, je m'en étais vite lassé. En revanche, j'avais été complètement conquis par Yo La Tengo, des New-Yorkais underground qui me donnaient le frisson. Sur *Drug Test,* j'avais même tendance à mettre le son un peu fort. La basse a claqué dans les écouteurs tandis que je consultais une nouvelle fois mon portable.

L'écran était vide.

Que s'était-il passé ? En partant de Fonlindrey, j'avais plongé mes yeux dans ceux de Maud et j'y avais vu une douleur merveilleuse qui avait enlacé la mienne. Je n'avais pas rêvé. Nous étions amoureux. Nous étions vrais. Nous étions déjà en manque avant que la séparation ne fasse son œuvre.

Et elle ne répondait pas à mes appels.

Deux explications possibles. La première, conforme à celle que j'avais servie à ma mère : elle m'avait remplacé. La deuxième : aucune idée.

De toutes mes forces je me suis raccroché à la deuxième explication. Le mystère était préférable à la certitude d'avoir été recalé. J'avais trop attendu Maud avant de la connaître pour ne pas l'attendre encore.

Et son silence, je n'allais pas m'en contenter.

Laissez votre message

Comme prévu, le lendemain, Cooper était en ébullition. Dans la cour, il avait improvisé un meeting qui réunissait une foule conséquente composée de Steve, Rayah, Karen, Bertrand, un terminale S très branché lui aussi sur le caillassage de CRS, et Nathalie. Un pion les surveillait à distance respectable, comme si c'était un commando d'ETA militaire. Sa composition ne me surprenait qu'à moitié. Chacun avait ses raisons pour y figurer.

Rien n'échappait à Steve dans l'enceinte du bahut. Il connaissait le programme de toutes les soirées deux mois à l'avance (parfois même avant les organisateurs), les dates des contrôles, les problèmes familiaux de chacun, certains détails croustillants sur la vie personnelle des profs, la composition des couples des secondes aux terminales avec les dates de rencontre, de conclusion, de rupture.

J'ignore comment il s'y prend pour accumuler toutes ces connaissances, dérisoires en apparence, mais précieuses dans certaines circonstances. Il a pour lui un visage qui inspire confiance, un peu rond, des cheveux aux reflets roux et un sourire jovial qui lui creuse des fossettes. Pour rien au monde ce garçon n'aurait raté les événements qui se tramaient.

Rayah, elle, était là parce que tout intéresse Rayah et qu'on peut apprendre de tout.

Karen avait la conscience politique d'un Flanby vanille mais Cooper hantait les concerts des groupes les plus improbables de la planète. Elle faisait partie des rares qui acceptaient de partager avec lui de telles expériences limites et balayait d'un geste de la main la perspective de se retrouver appareillée d'un sonotone à l'âge de vingt ans.

Je m'interrogeais davantage sur la présence de Nathalie. Jamais je ne me serais douté qu'elle puisse s'investir dans un des combats de Cooper. Je l'imaginais plutôt aux soldes de Zara que dans le service d'ordre de la CGT. Mais je n'étais pas mondialement connu pour ma lucidité.

Nous n'avions pas réellement échangé pendant les premiers jours de classe, du moins pas sous la forme classique de bavardages stériles et de ricanements impromptus. Ses beaux cheveux blonds retenus par un foulard dégageaient un visage exprimant une douceur intimidante. Malgré son abord distant, j'avais eu l'impression que rien ne lui échappait.

Dès le début, j'avais acquis un statut parmi les priorités de Nathalie. Dans son disque dur flottait une icône à mon nom sur laquelle elle rêvait de cliquer, j'en aurais mis la jambe de Logan à couper. Certains regards ne trompent pas. Les siens se posaient sur moi dès qu'ils en avaient l'occasion.

À la première de mes remarques subtiles, pertinentes, constructives en classe – et elles étaient légion – je sentais ses yeux planter sur ma personne deux fines épingles d'acupuncture qu'elle roulait à distance du bout des doigts jusqu'à ce que les miens accusent réception. Son regard fuyait aussitôt et, s'il avait pu, il aurait rougi.

En fait, j'avais une cote d'enfer.

Le petit jeu qu'elle avait institué, et dans lequel je n'entrais qu'à reculons, restait assez codé pour passer inaperçu. Sauf qu'ayant peu de temps à consacrer en classe à l'écoute des cours, Logan le maléfique l'avait repéré. Et quelque chose dans sa perverse personne me disait que ce n'était pas bon pour moi.

Ce n'était pas bon, d'accord, mais ce n'est pas désagréable de plaire à quelqu'un qui ne vous déplaît pas, et de déplaire à quelqu'un qui vous déplaît. J'avais toujours facilement mesuré la distance qui me séparait de Brad Pitt ou de Robert Pattinson (l'unité de mesure année-lumière au carré avait été inventée pour ça). Jusqu'à une date récente, les soirées, j'y arrivais en conquérant de l'impossible et j'en repartais en short.

Stéphanie avait marqué le début d'une ère nouvelle. Elle avait succombé sans que j'aie besoin de menacer sa famille. Mais la révolution intérieure s'était opérée avec Maud.

Depuis Maud, à l'évidence, je plaisais comme un fou. Et je m'en foutais.

Je commençais à mieux comprendre la vie.

Conférence inaugurale du professeur Gaspard Corbin à l'université internationale de Fonlindrey, en chaire de philosophie cognitive.

Intitulé : Les conférences servent-elles à quelque chose ?

Le grand mystère de l'existence, mesdames, mesdemoiselles, messieurs, réside dans le fait qu'elle vous donne ce que vous refusez. En effet, par le jeu de forces qui nous dépassent vous et moi, surtout vous d'ailleurs, vous observerez que la meilleure façon d'obtenir une chose, c'est de la fuir. Un être vous plaît ? Parce qu'il vous plaît, il va s'écarter de vous. Mais si vous vous en éloignez, il vous traque. Est-ce à dire qu'il faut, pour attirer l'objet aimé, le repousser ?

Attention, adhérer à cet axiome suppose de séduire à tout prix ce que vous détestez pour vous en débarrasser. Et implique que l'être que vous aurez attiré pour vous en écarter, du fait de sa proximité, va devenir l'objet d'une attention qui le repoussera.

Je me propose d'illustrer cette thèse par un catalogue exhaustif d'exemples concrets, mais pas avant que les trois personnes qui étaient présentes il y a deux minutes soient revenues de la machine à café. C'est quand vous voulez, les gars, parce que là, je suis carrément tout seul.

Merci.

Nathalie confirmait l'analyse.

Je me suis approché. Personne n'a prêté attention à moi, comme d'habitude. Discrète, Nathalie déployait des trésors de volonté pour canaliser ses pulsions, c'en était pathétique. Cooper le tribun, imperméable aux artifices bourgeois de la séduction, fascinait sa petite foule.

– C'est la précarité institutionnalisée cette mesure ! J'ai des relais en fac, les étudiants vont bouger, c'est sûr, et avant les syndicats ! Nous, lycéens, on doit en être !

– En quoi ça nous concerne ? a demandé Karen.

– Ton avenir, ça ne te concerne pas, peut-être ? Le jour n'est pas si lointain où tu sortiras de cette caserne. Et quand tu te feras exploiter par les patrons qui te jetteront comme un Kleenex juste pour économiser des charges sur le dos des contribuables, faudra pas venir te plaindre !

– Bon, il se passe quoi, alors ? a dit Steve en quête d'une intervention décisive.

– Je vous tiendrai au courant. J'ai une réunion prévue au CAL ce soir.

Sur un battement de cils de Cooper, les conspirateurs se sont dispersés. J'ai récupéré Steve et Karen et les ai entraînés à l'écart.

– Alors ? ai-je demandé, la bombe saute toujours à dix-huit heures précises ?

– Non, a répondu Steve, Cooper a changé les plans.

– Depuis quand tu t'intéresses aux préparations de manif, toi ? Depuis que Nathalie Verdier en est ?

– Calomnies, mon frère !

– Et le CAL, c'est quoi au juste ?

– T'es de la Gestapo ?

– Pas du tout, je m'instruis.

– Comité d'Action Lycéen, a répondu Karen. C'est une sorte de syndicat sans en être un.

– S'ils font un reportage dessus, je suis sûr que tu seras la première interviewée ! Tes explications sont limpides.

– Ça t'intéresse vraiment ? s'est-elle étonnée à juste titre.

– Pas le moins du monde.

– Sache pourtant que ça devrait, bientôt, péter au bahut.

– Faut que j'aille prévenir Planton.

Planton, c'était le principal. Steve m'a regardé avec des yeux comme des roues de tracteur. Je me suis penché vers lui.

– Maintenant, je peux te le dire. En vrai, je suis un prof infiltré. J'ai trente-quatre ans et je vis depuis huit ans sous une fausse identité. J'ai même menti à mes faux parents. En réalité, Planton est mon père.

– Ça restera entre nous.

– Merci.

La sonnerie aigrelette a interrompu nos échanges. Nous avions histoire-géo en première heure. Je me suis dépêché de me ranger. Les mieux placés pouvaient espérer une place au fond. Devant, c'était bon pour les morts et les grands brûlés.

Mon livre ouvert dissimulait la feuille que j'avais posée sur la table. J'entamais ma correspondance. Puisque les moyens de communication modernes m'étaient interdits, j'avais opté pour un procédé de scribe chauve accroupi sur les bords du Nil : la plume d'oie et le papyrus ringard.

J'ai entamé la lettre I.

Chère Maud,

Si tu n'as pas l'intention d'ouvrir cette lettre, il est inutile que je me fatigue à l'écrire. Autant passer directement à la suivante, elle t'en apprendra sans doute plus sur la dépression qui me guette.

Encore faut-il que tu daignes en prendre connaissance.

Je place donc tous mes espoirs en elle.

Gaspard

Je l'ai pliée, glissée dans une enveloppe et j'ai repris une deuxième feuille vierge.

Chère Maud,

Si tu as ouvert cette lettre, tu peux jeter la première, elle ne t'apportera pas grand-chose. Sauf si tu l'as ouverte avant, ce qui en fait la première, et transforme la première en seconde.

Si ta curiosité commence à être aiguisée, je te conseille de lire la troisième, car elle contient les réponses aux questions que te posent la 1 et la 2, ouvertes ou pas.

J'espère t'y retrouver.

Gaspard

J'ai réitéré l'opération cachetage express et pris une dernière feuille. Là-bas, près du tableau, une certaine Mme Protov, prof d'histoire-géo de son état, se faisait la voix sur la présentation des principales institutions politiques de la cité. Avec ses deux nattes de Pocahontas bâclée et ses lunettes d'aviateur, elle avait l'air si exaltée que j'en ai conclu qu'elle pouvait parfaitement se passer de ma concentration.

Chère Maud,

Tu tiens en main la lettre 3, celle de toutes les explications, de tous les dénouements !

Si tu as jeté la 2 au lieu de jeter la 1, ne t'inquiète pas. Ni l'une ni l'autre ne te livrait d'information capitale. D'ailleurs, tu peux jeter les deux ! Elles témoignent juste de mon embarras à te contacter par un truchement qui risque d'écorner l'image de totale modernité que j'ai voulu donner de ma personne. Seulement, mes coups de téléphone, mes mails, mes SMS torrides, voyagent dans l'infra-monde sans parvenir à te toucher. À l'heure qu'il est, ils doivent faire le bonheur extasié d'une femelle martienne ayant capté mes ondes avec les tentacules qui lui tiennent lieu de cheveux

Or c'est à toi que je m'adressais. Pour te dire quoi au juste ?

Que sans toi je me contente de survivre, même si devant mes yeux, en ce moment, le corps sculptural de Mme Protov (oui, c'est son nom authentique et moi aussi je le trouve hilarant, alors ne te gêne pas) ma prof d'histoire-géo, moulé dans une combinaison de latex, tente désespérément de me faire oublier le tien. Ne te sens pas menacée, mais...

– Monsieur Corbin ? On peut savoir ce que vous faites ?

J'ai levé et le stylo et les yeux pour découvrir les culs de bouteille de Protov posés sur moi.

– Je prends quelques notes, madame, ai-je lâché en rajustant l'auréole qui flottait au-dessus de moi.

– Je serais curieux de les lire ! a lancé une voix au fond de la classe.

Plusieurs têtes se sont tournées vers l'autre côté de la salle. Logan, dans sa position favorite d'échalas avachi, retroussant ses lèvres, affichait un sourire mauvais.

J'ai blêmi en repensant aux dernières lignes de ma prose. Si jamais Protov s'avisait de ressentir le même genre de curiosité malsaine, j'étais bon pour un traitement de faveur de la part des autorités compétentes : au mieux deux jours d'exclusion, au pire la chaise électrique. Heureusement pour moi, la voix suave de la prof m'a tiré d'affaire.

– Si vous me montriez plutôt les vôtres, monsieur Wagner ? a-t-elle articulé. Si elles sont aussi brillantes que vos remarques, nous pourrions peut-être les photocopier à l'intention de vos camarades dotés d'un esprit moins synthétique...

Le sourire du délateur s'est effacé de son visage et il a haussé les épaules, ce que tout le monde a traduit par : et alors ?

Mme Protov a remonté l'allée centrale. J'en ai profité pour escamoter le courrier compromettant au cas où elle chercherait à faire d'une pierre deux coups.

Le temps que l'opération s'achève, elle pêchait la feuille placée devant l'insolent.

– Mais, vous n'avez rien écrit ? s'est-elle étonnée avec une pointe de sarcasme aussi effilée qu'une dague de Borgia.

Logan a posé un index sur son front.

– Tout est là, bien au chaud.

– Oui, j'ai cru comprendre que, les années précédentes, vous vous étiez arrangé pour faire de la place.

Dans la classe, des gloussements sont venus crucifier le rebelle. Du camp des moqueurs, Logan était passé dans celui des moqués. Redoutable, la Protov. Les yeux mi-clos, il l'a toisée tandis qu'elle reposait sa feuille immaculée.

– Bien ! a conclu la prof au moment opportun, si nous reprenions là où nous nous sommes arrêtés ?

Je m'en sortais bien. Pourtant, la malédiction Logan planait toujours sur moi et ma descendance. J'ai tapoté l'épaule de Karen, assise devant, mais c'est son voisin Steve qui, anticipant ma réaction, s'est retourné pour se visser un doigt sur la tempe.

– Complètement siphonné le mec, a-t-il chuchoté, corroborant pour la seconde fois mon analyse.

Ma copine n'avait pas daigné me regarder. Je l'ai hélée. Elle a tourné enfin la tête.

– Pourquoi il fait une fixette sur moi, ce taré ? ai-je demandé, avide d'un amical et entier soutien.

– Oh, lâche-le, toi aussi ! a-t-elle grogné.

Mes espoirs avaient été déçus, ce n'était rien de le dire. J'ai mollement protesté.

– Tu pousses un peu, Karen. Je ne demande rien à personne et il essaie de me planter. Qu'est-ce qu'il me veut, à la fin, ce mec ? Je ne lui ai rien fait, moi !

Ses épaules se sont soulevées dans un mouvement propre aux bustes des passionnés d'histoire-géo chez qui la plus minuscule des interruptions est vécue comme une contrariété. J'ignorais que Karen faisait partie du lot contaminé.

À plusieurs reprises, j'ai jeté un regard vers Logan qui avait replongé dans sa léthargie vénéneuse. Il ne se réveillait donc que pour m'agresser, soit. Mais pourquoi ?

J'aurais pu aller le trouver à la fin du cours, lui offrir une paume virile et franche qu'il aurait serrée, contrit. Nous aurions partagé un gobelet d'eau de feu à l'intérieur du wigwam en échangeant des scalps de bisons et des mues de serpents à sonnettes, préludes à des commerces constructifs. Il m'aurait présenté ses excuses en grignotant sa cuisse de coyote. Nous aurions ensuite enterré la hache de guerre et entamé une fructueuse relation basée sur la confiance et le respect mutuel.

Ça ne s'est pas fait. Je n'avais qu'une envie, c'était de lui écraser les yeux à coups de mocassin. Et il n'avait pas l'air disposé à quitter le sentier de la guerre.

En fin de journée, je me suis replié au café le *Coupe-Gorge*, en face de la caserne, pour achever ma correspondance au calme et seul comme un paria. Steve et Karen, mal renseignés, n'avaient pas pris la mesure de mon désarroi. Je me passe très bien de vous, merci !

Le bout de ma langue s'est de nouveau coincé entre mes lèvres et j'ai repris le stylo.

Ne te sens pas menacée, mais... méfie-toi tout de même car je suis un garçon très convoité.

Bon, comme d'habitude, je me prends les mots dans le tapis. Je voulais juste te dire de m'appeler.

J'espère que tu vas bien

Appelle-moi.

Tu me manques terriblement.

J'espère que je te manque atrocement.

Gaspard

J'ai cacheté les enveloppes, j'y ai tracé trois chiffres et je me suis précipité vers une boîte jaune à l'entrée de la bouche de métro.

Si elle ne répondait pas, j'allais faire quoi ?

Une vie en chantier

Le temps que j'émerge de ma chambre, le cocon familial avait été transformé en entrepôt d'Amazon. Des rangées de cartons s'alignaient dans ce qui était encore, il y a peu, un salon de la bourgeoisie moyenne.

– Vous livrez aussi à l'international ? ai-je demandé à mes parents qui, un rouleau de scotch marron en main, en momifiaient un.

– Bonjour chéri, a dit maman. Tu veux déjeuner ?

– Dans quel carton je peux trouver les céréales ?

– C'est marqué dessus, a dit papa.

– Il y a un carton marqué *Céréales* ?

– Non, *Petit déjeuner*.

– Je ne l'ai pas encore fermé, a ajouté maman. Regarde sur la table de la cuisine.

– Est-ce que la table est dans un carton marqué *Cuisine* ou y a-t-il un carton marqué *Table* dans la cuisine ?

Papa a soufflé en relevant la tête. Son front luisait sous les rayons du soleil qui pénétraient dans la pièce.

– Dépêche-toi, tu as tes affaires à emballer.

– Je ne comprends pas. Pourquoi on se précipite ?

– Les travaux démarrent lundi, ce n'est pas dimanche soir qu'il faudra préparer le terrain !

– On doit vraiment tout emballer ?

– Dans les pièces où les ouvriers vont travailler, oui.

– Donc le salon et la cuisine... ai-je conclu, atteint d'Alzheimer précoce.

– Bien essayé, a commenté papa l'extralucide. Ne fais pas semblant d'oublier que ta chambre est concernée. On entrepose tout dans le petit bureau, ils s'en occuperont en dernier.

Je me suis gratté le haut du crâne.

– Question subsidiaire : je vais dormir où ?

– Sur un matelas pneumatique dans ta chambre tant que ce sera possible, puis dans le salon, au maximum quelques jours. Ils ont pour consigne de laisser l'endroit propre.

– Et pour travailler ? Mes devoirs...

– Tu te débrouilleras. Tu demanderas l'asile politique à ta copine au rat. Je te répète que ça ne durera pas longtemps.

Mon air dubitatif l'a frappé de plein fouet. Il a failli renchérir mais s'est finalement abstenu. Je suis donc allé mâcher quelques morceaux de carton trempé dans de l'eau tiède.

Ensuite, docile, en pensant très fort à l'héritage, j'ai rejoint ma chambre pour apporter ma contribution à l'entreprise d'emballage familial.

– Profites-en pour faire du tri ! m'a crié maman l'opportuniste.

Ce fut pour moi l'occasion de découvrir qu'il existait dans cet espace confiné où j'avais élu domicile des recoins où la lumière du jour n'avait que rarement pénétré. Mieux : des tiroirs que je ne me rappelais pas avoir jamais ouverts. En manipulant certains d'entre eux, j'ai vu s'envoler des nuages de vieille poussière grasse soulevés par la fuite d'une famille entière de chauves-souris. Dessous, des cartes Pokémon, des crayons de couleur, des antisèches de sixième. Mes recherches me permirent aussi de mettre à jour un squelette de ptérodactyle quasiment intact.

Et un œillet rouge desséché...

Instantanément, le visage de Maud a fouetté ma mémoire. Cet œillet, je l'avais arraché au mufle d'une vachette pendant la seule féria au monde qui se situe en Bourgogne. Je l'avais offert à une autre beauté fatale, Josepha, qui avait eu le bon goût de me le rendre à la fin de la soirée, quand elle avait compris que je le lui avais proposé en pensant à une autre fille. Je l'avais gardé comme talisman.

Nous étions samedi. Mes courriers ne pouvant être déjà parvenus à Dijon, il était inutile d'espérer une réponse avant le milieu de la semaine prochaine. Les jours à venir promettaient de traîner en longueur.

Le dimanche soir, les Corbin, hébétés d'avoir longtemps sniffé les vapeurs du gros scotch marron, étaient écroulés dans le canapé recouvert d'un épais plastique transparent et contemplaient le vide qui avait remplacé leur espace vital. Dans le bureau du fond s'entassait une montagne de cartons à l'équilibre précaire.

– Cinq semaines, pas une de plus ! a lancé papa pour nous donner du courage.

– À quelle heure arrivent les ouvriers, demain ? s'est inquiétée maman.

– Sept heures. Tu pourras les accueillir ?

– Toi, tu ne peux pas ? a-t-elle tiqué.

– Je dois être à Rungis à quatre heures. J'approvisionne le restaurant. Tu leur laisseras un trousseau de clés.

– On peut leur faire confiance ?

– On a le choix ?

Cette remarque frappée au coin du bon sens a convaincu maman. Qui a lâché, dans un soupir :

– Pourvu que nous n'ayons pas de mauvaise surprise.

À cet instant précis, j'ai su qu'on en aurait. Obligé.

– Ils commencent par quoi ?

Rien que la question m'avait épuisé.

– Ils cassent, a dit papa, laconique.

– Ça ne va pas faire trop de poussière ? me suis-je inquiété en pensant à mon sac de couchage encore protégé par sa housse.

Une de ses épaules s'est soulevée.

– Un peu, forcément.

Traduire par « Énormément, faut pas rêver ». Ma garde-robe allait en prendre un coup.

– Je vous emmène au mexicain ? a proposé papa en se levant d'un bond mou.

Tout plutôt que de gober des tranches de pain complet au cheddar au milieu du hangar. Maman et moi, nous avons donc accepté la proposition avec enthousiasme.

Une vingtaine de minutes plus tard, nous avons pénétré dans la salle d'*El Gringo*. Malgré le soin mis par le propriétaire pour nous transporter de l'autre côté du Rio Grande, il ne faisait aucun doute que nous étions toujours à Paris. L'âme du Mexique palpitait autant dans ces sombreros accrochés au mur, ces tapis colorés et ces tables branlantes que celle de Frida Kahlo dans une affiche de Zorro. Pour faciliter le dépaysement, trois types au bar sirotaient un Ricard en grignotant des bretzels.

Une place s'est libérée dans un coin et nous avons passé commande. J'attendais avec impatience les commentaires de mon cuisinier de père. Les plats sont arrivés, accompagnés de deux bouteilles de Corona et d'un thé pour maman qui se croyait dans un restaurant chinois.

– Elle est bien fraîche, a dit papa en claquant la langue après sa première gorgée de bière.

Ayant épuisé son stock de compliments, il a embrayé sur mes tacos trop flasques, le maïs de synthèse de ses enchiladas et le guacamole qui sortait d'une boîte.

– Quand on a faim, tout est bon, s'est contentée de rétorquer ma dalaï-maman.

Avant d'enchaîner, en se tournant vers moi :

– Au fait, tu as des nouvelles de ta copine de Dijon ?

Elle avait travaillé le ton en artiste : détaché, distrait, primesautier. J'ai failli applaudir la performance. Sauf qu'elle avait commis l'erreur de commencer par « Au fait ». Cette liaison artificielle avait trahi sa duplicité de mère. En réalité, elle partait à la chasse aux potins.

– Pas récemment.

– C'est curieux, vous aviez l'air de bien vous entendre.

– Je lui ai écrit.

Papa a relevé la tête de son assiette où une espèce de phoque miniature nageait le crawl dans une mélasse rougeâtre. Il rayonnait car il était persuadé que ses conseils avaient porté leurs fruits.

– C'est bien d'écrire. On a plus le temps de réfléchir à ce qu'on dit.

Je connaissais pour ma part un tas d'écrivains recommandés par les meilleures marques de profs qui auraient mieux fait de nous téléphoner leurs livres, mais je n'ai pas relevé. À mon corps défendant, j'ai senti les traits de mon visage s'assombrir. Maman s'est découvert des talents de télépathe.

– Ça ne marche pas comme tu voudrais, hein ?

Papa, qui se méfiait, restait sur une prudente réserve. Il en avait assez de se faire rabrouer. Je n'ai pas répondu. J'avais envie d'en parler sans en avoir envie. Afin de dépasser la contradiction, j'ai considéré qu'un silence pesant contribuerait à alimenter la conversation. Là, mon père, qui avait oublié ses bonnes résolutions d'il y a deux secondes, est intervenu. Il m'a scié.

– Si c'est indispensable, tu pourras aller la voir, a-t-il proposé.

– Comment ça ?

J'allais poser la question, mais maman avait été plus rapide.

– Ben oui, en train, ce n'est pas le bout du monde, Dijon ! Je l'ai bien fait pour toi, autrefois.

– Cette jeune fille n'est pas dans une école d'infirmières ! Et je n'habitais pas Dijon !

Mesurant l'incongruité de ses remarques, signe de malaise certain chez elle, maman s'est reprise en engloutissant une bouchée de haricots rouges. Impitoyable, papa l'a cueillie.

– Quel est le rapport ?

– Je le vois très bien ! a-t-elle répondu, optant résolument pour une défense de mauvaise foi.

Mon père connaît sa femme. Il a cru jouer la suite pizzicato.

– Il n'est pas obligé de coucher là-bas, il peut faire l'aller-retour dans la journée.

Effet haricots rouges ? Les joues de maman ont rosi.

– Le problème n'est pas là, s'est-elle agacée, prouvant que le problème était là. Tu as de drôles d'idées, parfois.

– Moi, ce que je dis, c'est que les jeunes, avec tous leurs appareils de communication ultra-sophistiqués, en oublient qu'une bonne discussion face à face vaut tous les blogs du monde.

Je tenais enfin la preuve indiscutable que mon père était un vieux. Mais les vieux n'ont pas toujours tort. Une fois sur mille, on peut les écouter sans rire à gorge déployée.

– À toi de voir ! a conclu papa en repoussant son assiette.

Conscient du malaise, il a levé sa chope.

– Si nous trinquions ?

Après un interminable temps de réflexion, maman a brandi sa tasse pour la cogner. La chope, pas la tête de papa. J'ai suivi le mouvement.

– Aux travaux ! a lancé papa.

Et nos verres qui s'entrechoquaient ont résonné comme un coup de gong.

Journal

Les jours n'ont plus de saveur. Au lycée, où je me montre distante, on doit me prendre pour une bêcheuse. Ils ignorent que, réduite à ma blessure, je ne me sens pas intéressante. Alors c'est mon silence qui a le dernier mot.

Je n'arrive pas à comprendre. Comment ai-je pu me tromper à ce point sur Gaspard ? Ou comment a-t-il pu me tromper à ce point ?

Elle et lui. Impossible d'effacer cette image, elle est incrustée dans ma rétine, comme un grain de mica qui me force à pleurer.

Mado cherche à me consoler avec son argument favori : « Tous pareils ! » Je pensais que c'était sauf lui la trahison, sauf lui l'indélicatesse, sauf lui la légèreté, sauf lui sauf lui… quand c'est même lui, lui aussi, lui surtout.

Il paraît qu'on meurt de vivre, alors je vis.

Mado n'a pas cherché longtemps avant de me prodiguer son conseil. Trouves-en un autre. Un garçon qui efface le précédent, et dont tu apprécieras les lèvres tant qu'elles ne formulent aucune promesse. Je n'ai pas osé lui répondre que les premiers mots d'amour que j'ai entendus auront à jamais été prononcés par les siennes. Et il n'y a pas de seconde première fois.

Frédéric m'a appelée. Il a rompu avec Josepha. Au ton de sa voix, j'ai senti que j'avais gagné une place dans son top ten. Peut-être vais-je prendre le premier désir qui passe et qu'à force de sentir d'autres mains se poser dessus, un peu de rouge me reviendra aux jours.

Gaspard ne cesse d'appeler. Ses textos encombrent mon portable, ses messages mon répondeur. Quand il se sera lassé, et ça ne devrait pas tarder, je pourrai vraiment m'allonger sur mon lit et l'oublier.

La prochaine fois que j'aurai les yeux mouillés, ce sera à cause de la pluie.

Quand Logan dégoupille

En cours d'économie, Maud s'est imposée. J'étais en train de ne pas écouter, comme d'habitude, quand son visage a frappé au carreau. À la faveur de cette apparition, la question qui me tournait autour comme un moustique têtu est revenue me piquer : m'avait-elle remplacé ?

C'était une idée risible puisque j'étais irremplaçable, mais cette idée a insisté pour que je lui accorde de l'importance. J'avais le temps (le cours venait à peine de commencer), j'ai accepté. Puis je me suis laissé lécher par les flammes de l'enfer.

Qui ?

Les réponses n'étaient pas simples dans la mesure où je ne connaissais personne dans la ville où Maud résidait. Connaître personne égale soupçonner tout le monde. Personne ? Réfléchissons.

Parmi ceux que nous avions fréquentés à Fonlindrey, Bastien, un colosse qui préparait l'IEP, Vitas, le batteur du groupe des Thugs et Frédéric, un sosie de télévangéliste aux abdos d'acier, étaient scolarisés à Dijon. Seul Frédéric représentait une menace. Le reste des suspects mâles remplissait Facebook.

Je me suis penché vers Karen qui, besace sur les genoux, inscrivait au feutre sur le rabat un des nombreux messages qu'elle comptait transmettre au monde. J'ai fini par déchiffrer la sentence suivante : « Au moment du départ, la tête du train ne démarre pas avant la queue. »

– C'est une citation de qui ? ai-je demandé, toujours curieux de connaître des noms de philosophes grecs.

– De moi.

– C'est marrant, je l'aurais juré. Tu prépares un recueil ?

– Quand j'en aurai assez, pourquoi pas. Là, j'en ai que deux.

– L'autre, c'est quoi ?

Elle a retourné son sac pour que je lise la phrase tracée au feutre rouge : « La vie vaut la peine de ne pas être vécue. » J'ai tordu la bouche.

– C'est gai.

– Tu n'es pas d'accord ?

– En ce moment, si.

Steve, qui n'est jamais loin, a fait pst ! Je me suis retourné.

– Qu'est-ce que vous racontez ?
– On disait, tu vas voir, Steve va nous demander ce qu'on raconte.
– Non, sérieux ?!
– Rien.
– Vous êtes deux cons, a-t-il ajouté avec élégance.
Je me suis à nouveau consacré à Karen. Son regard absent semblait fouiller l'univers pour y biner des pensées profondes. En chemin, il rencontrait rarement le prof d'éco.
– Tu bois un pot après ?
Elle s'est arrachée à regret des abysses conceptuels. J'ai noté qu'elle avait forcé sur le khôl, comme si elle avait voulu souligner au marqueur le vert de ses yeux.
– Pourquoi pas.
J'avais besoin d'une conseillère conjugale et, parmi mes proches, Karen me semblait la mieux placée pour être une fille.
J'ai laissé le cours mourir de sa belle mort, sans rien faire pour retarder l'échéance.
Nathalie avait l'air d'écouter mais j'ignorais si elle écoutait, Rayah avait l'air de ne pas écouter mais elle écoutait, Logan avait l'air de ne pas écouter et il n'écoutait rien, sauf ce qui vibrionnait dans les écouteurs de son iPod.
Soudain, le prof, comme si nos deux esprits s'étaient rejoints (et Dieu sait si le phénomène présentait un caractère exceptionnel), l'a remarqué.

M. Roquemer est un homme d'un naturel placide. Le fait qu'il semble transporté par une matière a priori sans aucun intérêt ne laisse pas d'interloquer la plupart d'entre nous, mais le feu de sa passion trouvant dans ses propres réserves le combustible nécessaire à son alimentation, il ne nous oblige pas à la partager. Il vit son rôle de professeur sans pratiquer le prosélytisme qui dénature ce beau métier. Il est prof, nous sommes élèves, chacun chez soi. Pour ces raisons, et pour sa bonhomie habituelle, ses cours donnent rarement lieu à des débordements.

Il paraît de faible constitution : poitrine en creux, cheveux aussi courts qu'un grattoir d'éponge, et yeux vifs où bouillonnent des notions dont l'intérêt reste à prouver.

Cet homme si calme d'ordinaire, je l'ai vu soudain s'embraser. J'ai réellement cru que ses cheveux allaient prendre feu. La classe se transformait en plateau de tournage de *Ghost Rider 2* !

– Monsieur Wagner ! a-t-il rugi, j'espère qu'on ne vous dérange pas ?

L'erreur, évidemment. Ainsi formulée, la question tend une perche en or au fauteur de troubles. On leur enseigne quoi dans les écoles de profs ?

– Non, vous pouvez continuer, pas de problème, a répondu l'autre après avoir retiré un de ses écouteurs.

De stupéfaction, Roquemer a failli s'étouffer. La température moyenne dans la classe est montée de 30 °C. Dans les trousses, les stylos ont fondu.

– Passez-moi votre carnet et sortez ! a-t-il éructé au bord de l'apoplexie.

– Si vous voulez atteindre la retraite, faudra vous calmer, a répondu Logan en se levant avec une lenteur étudiée. Tout ça pour un iPod. Si ça se trouve, c'est un cours d'économie que j'écoute !

En d'autres circonstances, on aurait ri. Mais l'acidité de son sarcasme tétanisait jusqu'à ses partisans, si bien qu'un lourd silence a suivi. Logan a réalisé qu'il ne fallait attendre aucun soutien de notre part. Cette constatation l'a chagriné, il a eu un sourire qu'on aurait dit de souffrance et a gagné la porte.

– Karen, voudriez-vous accompagner ce jeune homme ?

– Non ! a-t-elle répondu vivement.

Quelque chose dans le ton de sa voix a dissuadé Roquemer d'insister.

– Bien ! Alors Rayah ?

Rayah n'était pas emballée par l'idée (maton, ce n'est pas une promotion) mais, sentant que ça pouvait inutilement traîner, elle s'est exécutée. La porte s'est refermée sur eux. Aussitôt, pour éteindre l'incendie qui avait pris sur son crâne, Roquemer a fabriqué en express une sueur abondante qui a dégouliné sur ses tempes.

– Où en étions-nous ? a-t-il enfin lâché d'une voix exténuée.

Je n'étais pas le candidat le mieux placé pour répondre et Rayah était sortie.

– Monsieur Locatelli ?

Steve a tourné la tête dans tous les sens, comme s'il n'avait pas encore intégré l'idée qu'il s'appelait comme ça.

Incapable de restituer mot pour mot le début du cours, mon pauvre copain a eu les yeux bandés et, ligoté à un poteau, a reçu douze questions dans la peau qui l'ont achevé. Le fait est que pour décrocher de bons résultats en économie, ce n'était pas d'un stage chez Acadomia dont il avait besoin, mais d'un exorciste. Sympa, Roquemer lui a offert de s'améliorer en le collant.

Les Messagers de l'enfer

Au *Coupe-Gorge*, j'ai pris un Coca et Karen un café. Gilbert, le serveur, s'est fendu d'une moue dédaigneuse. Ce type officie en face d'un lycée et il semble à chaque fois surpris qu'on ne commande pas le menu gastronomique avec une bouteille de Château Haut-Brion dès dix-huit heures. De quoi se plaint-il ? D'habitude, avec Steve, quand il n'est pas retenu par un prof d'économie contrarié, on prend un café et trois verres d'eau. C'était la fête aujourd'hui !

J'ai ouvert le dossier Logan et engagé le débat.

– Pourquoi tu m'as dit de le lâcher un peu vendredi ?

– J'ai dit ça, moi ?

– Oui, tu as dit ça, toi !

Karen a secoué la tête.

– Je ne m'en souviens plus. Je devais penser à autre chose.

– Tu sais, tu m'as rendu très malheureux. Ce week-end, j'ai pleuré. J'ai même arraché les bras et les jambes de mon nounours. J'attendais de ta part davantage de soutien.

– On n'est pas mariés !

– Heureusement, on serait obligés d'adopter Steve et il nous poserait des tas de problèmes à l'école.

Elle a souri. Elle avait teint une de ses mèches en rose. Sous son débardeur, le soutien-gorge n'avait pas jugé utile de s'imposer. Ses jolies mains se sont enroulées autour de sa tasse, comme pour les réchauffer.

– Il vient d'où, ce type ?

– Du Parc.

C'était un établissement plutôt coté, situé dans l'arrondissement.

– Tu ne connais personne là-bas qui pourrait nous renseigner sur lui ?

– Non, mais je vais immédiatement envoyer une équipe d'enquêteurs, s'est-elle moquée. À quoi ça te servirait ?

– À comprendre pourquoi il s'acharne sur moi.

– Qui te dit qu'il s'acharne ? Il a peut-être d'autres têtes de Turc.

– Je ne suis pas turc.

Ses paroles ont fait leur chemin entre deux gorgées de Coca. Logan s'était distingué dans la journée avec Roquemer, et je n'étais pas concerné. Ce type était tellement en vrac que c'était peut-être à la terre entière qu'il en voulait.

– … et puis tu le sais, tu es énervant quelquefois, a-t-elle ajouté en trempant son piercing dans son arabica.

J'ai dû me rembrunir, car elle a jugé bon de compléter :

– C'est ce qui fait ton charme.

Ses paupières se sont baissées. J'ai pensé à Maud. Elle avait partagé cette analyse à Fonlindrey. Sur ma capacité à énerver, tout au moins. Karen a évacué la question.

– Logan est le seul à te rendre malheureux ?

J'ai sauté sur l'occasion.

– Non. Je me disais que, comme tu es une fille et que tu es sans doute déjà tombée amoureuse d'un abruti dans mon genre, tu pourrais me donner un conseil.

– Oui. Ne tombe jamais amoureux. C'est pourri.

– Attends, je n'ai pas encore posé ma question !

– Je t'écoute.

– Voilà. C'est un peu délicat… Je t'ai parlé de Maud ?

– Pas précisément, mais l'autre jour, quand Stéphanie s'est jetée sur toi, j'ai cru comprendre qu'il y avait quelqu'un dans ta vie portant un nom comme ça.

– Je l'ai rencontrée cet été, en pleine cambrousse.

– Je suis d'accord, les cadres enchanteurs, ça joue énormément.

– À Fonlindrey, pas loin de Dijon.

– Connais pas.

Je pouvais lui faire une confiance aveugle sur ce point. Karen passe tous ses étés à Calvi et, du 7 juillet au 31 août, se lève tous les matins à seize heures pour aller en boîte.

– C'est pas super connu. Quand tu le rentres dans le GPS, il le recrache. Mais attention ! ai-je ajouté, un doigt en l'air. Là-bas, j'ai fait du motoculteur avec Paris Hilton et P. Diddy !

– J'en suis sûre.

– Bref. On a eu une histoire. Je te parle d'une vraie rencontre. J'en suis raide dingue. Seulement, depuis que je suis rentré, pas de nouvelles. Pourtant, on s'est quittés sur un tas de promesses d'une sincérité et d'une force poignantes.

Elle a posé sa tête au creux de ses mains, coudes sur la table, et m'a regardé.

– Et tu veux savoir quoi au juste ?

– Ben, si c'est normal...

– Tu veux dire si les filles sont capables de se comporter comme tous ces pauvres mecs qui, après nous avoir épinglées sur leur tableau de chasse, nous oublient à la première nouvelle jolie paire de fesses venue ?

J'ai eu un léger mouvement de recul. Une superbe expression de type blessé par la rudesse d'une attaque déplacée s'est collée sur ma face.

– T'es un peu dure, non, Karen ? On n'est pas tous pareils !

– Toi, l'année dernière, tu en as eu combien, des copines ? Je connais déjà Paloma et Stéphanie. Avec ta Maud, on en est déjà à trois. Pas mal pour un monogame enamouré.

Coup bas. Paloma était une vague amie de Karen qui s'était littéralement jetée sur moi, la bouche en avant, en plein milieu d'un morceau d'Iron Maiden à l'anniversaire de Steve. Au milieu d'un morceau d'*Iron Maiden* ! Du romantisme à l'état pur. Il avait fallu que Steve déballe ses cadeaux pour que je récupère enfin ma langue. Comble de la féminité parfumée, elle lui avait offert un essai sur les serial-killers avec, dans les pages centrales, un livret de photos à traumatiser un médecin légiste.

Le lendemain matin, à la première heure, je rompais. J'aurais aimé le faire plus tôt mais j'avais eu peur, en l'appelant au milieu de la nuit, de tomber sur ses parents, ou les cousins du docteur Hannibal Lecter, ou le chanteur d'Iron Maiden. Quant à Stéphanie, à plus de trois centimètres l'un de l'autre, on ne s'entendait plus, et nous n'avions pas été les premiers à vivre une telle expérience de surdité du cœur.

– Nous ne sommes pas tous des prédateurs ! ai-je plaidé. Tu vas vite en besogne, je trouve. C'est la pièce qui est comme ça, pas forcément les acteurs.

Elle s'est carrée dans le fond de sa chaise et a tourné la tête vers le bar. J'ai eu l'impression qu'elle voulait éviter mon regard, ou échapper aux questions indiscrètes que sa réaction suscitait.

– Laisse tomber, ai-je fini par dire. Tu n'as sans doute pas vécu que des histoires exceptionnelles…

Elle n'a d'abord pas réagi puis, toujours ailleurs, elle a souri.

– Non. Mais pour répondre à ta question…

Son regard a retrouvé le mien.

– … non, ce n'est pas normal. Quand une fille aime un garçon, elle ne le laisse pas tomber parce qu'il y a trois cents kilomètres entre elle et lui. À moins qu'entre-temps elle en ait trouvé un encore plus craquant, plus gentil, plus drôle, plus sexy et plus riche. Mais tu as mis la barre haut, non ?

– Tu me gênes. Je ne suis pas si riche que ça !

– Assez pour payer les consos, quand même ? Faut que j'y aille.

J'ai attrapé la note.

– C'est hors de prix pour deux misérables boissons, mais ça fait la consultation pas chère. Merci Karen. Je sais ce que j'ai à faire maintenant.

– C'est-à-dire ?

– Je vais buter tous les Dijonnais. Dans le tas, y aura forcément mon rival.

– Je te souhaite bonne chance, a-t-elle conclu avec un sourire forcé.

– Pour le massacre ?

– Pour récupérer ta copine. Elle doit en valoir le coup.

– Oui. En ce moment, elle en vaut surtout la peine.

Elle a plissé les yeux tandis que j'abandonnais sur la table une somme que, même avec un scalpel, on n'aurait pu amputer d'un pourboire.

– Méfie-toi, Gaspard, a-t-elle glissé, on va finir par te prendre pour un tendre.

– Arrête ! Quand je suis né, tout le monde pensait que j'étais un faon à la clinique ! Sérieusement, tu crois qu'elle m'a remplacé ?

– Mais non ! s'est-elle énervée. Ce n'est peut-être qu'un malentendu. Il y en a un paquet, des malentendus, dans cette vie ! Si tu avais confiance en elle, il n'y a pas de raison qu'elle ait changé à ce point en une semaine !

Karen avait trouvé les bons mots. Plutôt sur la fin. J'avais eu raison d'insister.

– Tu passes à la maison ? ai-je proposé. J'ai un disque à toi.

– Un disque ? Lequel ?

– Je ne sais pas. Sur la couverture, on voit quatre catcheurs crasseux en noir, ils ont des regards de cinglés et celui qui semble être le leader déchiquette un bébé phoque vivant.

– Ah oui ! un groupe danois, De budbringere af helvede, les Messagers de l'enfer en français. La pochette, c'est un trucage, petite nature !

– Il faut que tu le récupères. Pendant que je l'écoutais, du sang s'est écoulé du robinet dans la salle de bains.

– Rapide, alors !

Nous avons cheminé jusqu'à chez moi sans plus aborder les sujets délicats. Notre discussion avait tranché avec celles que nous avions d'ordinaire, me révélant une facette inconnue de mon amie. « Quand une fille aime un garçon... » sonnait curieusement dans la bouche d'une fana des Messagers de l'enfer. Pour la seconde fois, j'avais senti que Karen trimballait son lot de douleurs cachées. Parfois, on fréquente longtemps les gens, on les apprécie, et on se rend compte un jour qu'ils ne vous ont fait visiter d'eux-mêmes qu'un appartement témoin qui ne leur ressemble pas. Je me suis promis de sonner à sa porte, la vraie, un beau matin.

En attendant, c'était devant la mienne que nous stationnions. Une porte qui m'apparut sous un jour inhabituel, avec un liseré de poussière blanche dessinant une barre de seuil derrière le paillasson. On percevait des bruits sourds de l'autre côté.

– Y a une boum de trolls, chez toi ? s'est inquiétée Karen.

J'ai ouvert.

Là j'ai eu peur. Un colosse en jean et marcel noir, poudré de plâtre du sommet de ses cheveux en broussaille jusqu'à ses baskets éventrées, a braqué sur moi des yeux noirs. Une moustache fournie dessinait un coussin sur lequel un nez épais était posé. Au bout de son bras droit pendait une masse... Un Vulcain régnant sur un paysage de désolation.

– Il a l'air cool, ton père, a chuchoté Karen dans mon dos. Mais il a vachement changé, physiquement.

Nous sommes entrés.

– Oh putain ! s'est exclamée Karen qui, elle aussi, avait mesuré les changements intervenus depuis sa dernière visite, c'est la Tchétchénie ici !

Inconsciemment, compte tenu de l'ambiance apocalyptique que la créature faisait planer sur l'endroit, j'ai jeté un coup d'œil discret vers l'extrémité de la masse, craignant d'y trouver collés quelques cheveux de mon pauvre géniteur.

Mon angoisse s'est dissipée en apercevant le commanditaire de ce carnage qui sortait de la cuisine en compagnie d'un homme velours. La cinquantaine tassée et bedonnante, le visiteur portait un costume en velours marron sur une chemise en velours beige. Je me suis penché vers Karen, encore mal remise de ses émotions.

– Ça existe les slips en velours ?

– Pourquoi ?

D'un mouvement du menton, j'ai désigné le visiteur. Elle a failli éclater de rire. C'est là que papa a remarqué notre présence. Il s'est fendu d'un sourire terrifiant.

– Ça a bien avancé, tu ne trouves pas ? a-t-il déclaré, l'air satisfait.

– Après avoir bombardé Dresde, les Américains ont dit exactement la même chose, ai-je répondu.

Me connaissant, si j'avais simplement acquiescé, il aurait eu une attaque. Son sourire est donc resté en place. Il a salué mon accompagnatrice.

– Tout va comme tu veux, Karen ? Ah ! Je vous présente monsieur Siman, le maître d'œuvre. Il supervise le lancement des opérations.

Le superviseur a hoché une tête concentrée dans notre direction. À la main, il tenait une planchette sur laquelle il avait fixé une feuille A4, ce qui faisait très pro. À moins qu'il ait punaisé des mots croisés dessus.

– L'équipe de démolition est arrivée à l'heure, a poursuivi papa. Dourouk est très efficace.

– Doruk, a rectifié M. Siman.

– Oui, Doruk. L'équipe est turque.

Au milieu de la pièce, la Chose s'essuyait le front blanc avec l'avant-bras, y traçant une large bande couleur chair. Un autre ouvrier est alors sorti de ma chambre. Tout petit. Mais avec une masse musculaire telle qu'il avait dû forcer pour la glisser sous la peau.

– Je crois que monsieur s'appelle Ilnouz, a dit papa en le désignant.

– Yilmaz, l'a corrigé Siman pour la seconde fois.

Fallait espérer que mon père était meilleur à l'écrit. Sinon, c'était cuit pour devenir ambassadeur à Ankara !

Yilmaz s'est baissé pour ramasser un marteau abandonné sur ce qui avait été une moquette, puis il est retourné d'où il venait.

Ce marteau, c'est pour faire quoi, Yilmaz ?

– J'ai un CD à rendre à Karen, ai-je expliqué à la cantonade en entraînant mon amie dans mon sillage inquiet.

En parvenant sur le seuil de ma chambre, ma petite chambre mignonnette, ma boîte à doudous de quand j'étais petit, j'ai suffoqué.

Yilmaz avait protégé mon matelas et mon sac de couchage à l'aide d'une bâche. Un plastique pendouillait en façade de ma bibliothèque, dont l'étanchéité n'était pas la qualité première à en juger par la couleur de mes bouquins. Du plâtre, à vue de nez un bon mètre de poudreuse, s'étalait sur le moindre centimètre carré. À genoux, Yilmaz, muni de son marteau, frappait comme un sourd dans un mur. L'objectif semblait être de faire un trou dedans. Il m'a souri en me voyant et m'a glissé un truc en turc. Moi j'avais pris anglais en première langue. J'ai souri aussi.

– Qu'est-ce qu'il a dit à ton avis ? ai-je ensuite chuchoté à l'adresse de Karen.

– J'hésite entre « On ne fait pas d'omelette sans casser des œufs » et « Je serais vous, j'éloignerais la jeune femme de mon marteau. »

Nous sommes ressortis.

– Yilnouk a poncé, a expliqué mon père devant mon expression défaite. Et il creuse le passage des goulottes pour l'électricité.

Pour lui, tout était normal. Un motif d'inquiétude de plus.

– On verra une autre fois pour les Messagers de l'enfer, a dit Karen sur un ton peiné. Je te laisse. Avec tout ce plâtre, mon piercing va s'infecter. On se retrouve demain ?

La porte d'entrée a claqué sur elle.

J'ai contemplé mon univers dévasté. Dehors, dedans, j'avais rendez-vous avec la fin du monde.

Vous avez un message

– Puisque je vous dis qu'il n'y a encore personne ! a aboyé papa. Et pas de nouvelles de vos ouvriers depuis mardi. Qu'est-ce que c'est que cette histoire ?

Sa main crispée sur le téléphone menaçait de le réduire en bouillie.

Maman, assise sur un tabouret en plein milieu du salon détruit, avalait à petites gorgées son thé préparé au micro-ondes.

– Comment ça une camionnette en panne ? Mais c'est votre problème, ça, monsieur Siman, c'est à vous de gérer ! Sur les cinq semaines de travaux prévues, on vient de perdre la moitié de la première. Ce n'est pas très rassurant !... C'est ça, vous voyez. Et vous me rappelez, surtout !

Fin de la communication.

– Alors ? s'est intéressée maman.

– La camionnette est en panne, paraît-il. Je ne le sens pas, ce type.

– Allons chéri ! a lancé maman en se levant. Ce monsieur doit savoir ce qu'il fait.

– Il a intérêt ! J'ai prévu des indemnités de retard, ça devrait le motiver.

Je me suis replié dans le terrain vague qui avait remplacé ma chambre et j'ai fermé les yeux. Maud, en salopette immaculée, s'est approchée de moi et a posé sa main sur ma poitrine.

– C'est là qu'on refait tout ? a-t-elle demandé.

– Oui, ai-je soufflé.

– Il y a beaucoup de travail. Compter cinq semaines minimum.

Alors sont apparus les fantômes de Doruk et Yilmaz. Le premier l'a écartée doucement.

– Vous laisse faire les pros…

Des fantômes, les Turcs en étaient d'ailleurs définitivement devenus depuis mardi. Après avoir fini de tout détruire et laissé le chantier propre (ils avaient enlevé la poussière sous le plâtre), l'équipe s'était évaporée. Pouf !

Il y a des détails qui ne trompent pas, le chantier était mal engagé.

Pour fuir la déprime de notre domicile, je traînais le plus longtemps possible au bahut, théâtre d'une agitation fomentée par Cooper que le premier contrat avait rendu fou de rage. Ce matin, après avoir avalé mon chocolat instantané et grignoté trois biscottes, j'avais hâte d'y retourner. Un contrôle d'économie nous y attendait.

J'allais prendre congé de ma famille. Papa, les mains sur les hanches, contemplait son squat. Maman chantait un air de Céline Dion en rinçant les tasses dans une bassine. Mon portable a vibré. J'avais reçu un message.

J'ai repoussé l'écran d'un mouvement du pouce. Il provenait de Maud.

Clic, lire le message.

« Tu n'es qu'un pauvre type. Laisse-moi tranquille. »

– Comment ça s'est passé ?

– Hein ? Quoi ?

– Le contrôle ! Comment ça s'est passé ? T'as cartonné ?

– Je ne pense pas, non.

Steve était déçu.

– Moi pareil, a-t-il dit. J'ai répondu à tout. Mais j'ai mis n'importe quoi.

Nous étions dans la cour. Assis en équilibre sur la rambarde d'un escalier, Logan mâchait un chewing-gum. Il était revenu de deux jours d'exclusion après avoir présenté des excuses à Roquemer, selon les informations glanées par Steve. Lequel, devant mon nez, consultait sans cesse son portable, ce qui ne m'aidait pas à oublier la cruauté dont avait fait preuve le mien.

– T'attends un message ? lui ai-je demandé.

– Une confirmation. Paloma, tu te souviens de Paloma, la copine de Karen ? Évidemment que tu t'en souviens... Normalement, elle organise une fête la semaine prochaine, ou celle d'après. J'essaie de nous faire inviter.

– Je ne suis pas sûr d'en avoir envie.

– Tu parles ! Une occasion de porter ton costume à paillettes, ça ne se refuse pas. Et puis avec Paloma, il y a prescription.

– Ce n'est pas le problème.

– C'est quoi alors ?

Je n'avais pas envie de lui raconter tout de suite. J'étais sous le choc, un choc d'autant plus violent que je ne m'attendais pas à le recevoir. À la vérité, je n'y comprenais rien.

Il n'y avait pas que ça. J'étouffais de douleur à l'idée d'avoir perdu Maud.

– On est en travaux, ai-je avancé sans conviction.

Steve a ri.

– Ah ouais ! Karen m'a dit qu'on avait enfermé un tricératops chez toi et oublié de lui filer à bouffer. Forcément, il s'est un peu énervé. Tiens ! Voilà Nathalie !

Il m'a planté aussi sec. C'est beau l'amitié, solide comme le roc. Et ça confirmait à quel point Steve était un garçon intuitif.

J'ai levé les yeux. Des nuages comme des balles de coton mouillées traversaient le ciel, droit vers Dijon, lestés des larmes qui me coulaient à l'intérieur.

Au *Coupe-Gorge,* Karen avait eu raison en se trompant. Le décompte de mes conquêtes cachait l'essentiel. Ces filles m'avaient touché, mais aucune ne m'avait jamais atteint. Il avait fallu que je m'échoue dans un village perdu pour découvrir avec Maud que simplement tenir la main d'une fille suffisait à mon bonheur.

Je n'avais pas fait le tour de la question, il me restait à découvrir l'autre versant du sentiment, quand les mains se lâchent. Il se présentait mal.

Je ne m'étais jamais senti aussi vivant, dans le mauvais sens du terme. La distance compliquait les choses, et une intolérable sensation d'impuissance me donnait envie de crier.

Karen est passée à quelques mètres, marquant de la tête le rythme que déversaient en elle deux écouteurs. Sans doute un rock métal brûlant où toute pensée cohérente se dissout.

Logan, le regard fixe, étudiait toujours de son escalier une parcelle de la cour où rien ne se passait.

Steve exploitait à fond le gisement de son sourire pour que Nathalie reçoive le plus rare d'entre eux.

D'autres s'agitaient autour de moi, Cooper, dont les cheveux bougeaient sans arrêt, Rayah, qui lisait une revue près de l'entrée du foyer, mais un visage s'interposait sans cesse entre eux et moi, celui de Maud à qui j'essayais de prêter les mots de son message.

Je n'y parvenais pas.

Je m'y refusais.

Steve a traversé la cour en direction des lavabos. J'ai rejoint Nathalie restée seule assise sur les marches qui conduisaient au réfectoire. Elle a souri en m'apercevant. Nous avons échangé quelques phrases inintéressantes au possible. Elle a soudain rejeté ses cheveux dans un mouvement troublant et fixé la marche devant elle.

– Vous vous connaissez depuis longtemps avec Steve ?

– Environ trois ans.

– C'est bien.

Je n'avais pas vraiment répondu à sa question. À la question gigogne coiffée par la question posée. J'ai repris :

– Tu veux savoir depuis combien de temps on se connaît ? Eh bien sache que Steve est le meilleur d'entre nous. Un gentilhomme avec une écorce de paysan. Sous son tee-shirt noir, il a deux cœurs : un pour le sang, un pour toi. Mais il ne le sait pas. Moi je le sais parce que je le connais depuis trois ans. Et toi, depuis combien de temps tu le connais ?

– Un mois. Une semaine. Une seconde...

– Le principal, c'est de le connaître. Une fois, il a promis de me prêter un disque et il a oublié. C'est la seule fois où il m'a déçu.

Nathalie a soudain reporté son attention sur moi, comme si elle me voyait avec des yeux neufs, sensation étrange.

– T'es un type bizarre.

– Même pas. Juste quelqu'un qui pense qu'il vaut mieux se rapprocher que s'éloigner. Pour ne pas se manquer, ça aide.

– J'essaierai de m'en souvenir.

J'ai souri.

– Steve t'y fera penser, j'en suis sûr.

Justement, l'homme en noir revenait. J'ai laissé Nathalie l'accueillir seule et suis retourné hanter plus loin le souvenir de celle qui me manquait.

Plus que jamais.

Avant d'être submergé par une nouvelle lame de tristesse, quelque chose s'est réveillé en moi. Ce qui naissait entre Nathalie et Steve me fouettait les sangs.

Rien ne justifiait que Maud me jette aux oubliettes. Le choix qui se présentait était simple : soit je subissais la tornade et je me retrouvais éparpillé aux quatre coins de la cour comme un fétu de Gaspard, soit je prenais mon destin en main.

J'ai aussitôt appelé mon père. Il a décroché très vite.

– Allô ? a-t-il aboyé. J'espère que vous avez de bonnes nouvelles à m'annoncer !

– Du calme papa, c'est moi.

– Ah ! Excuse-moi. Qu'est-ce qui t'arrive ?

– Il faut que j'aille à Dijon au plus vite.

– La moutarde, il y en a en bas de chez nous.

L'humour de mon père connaissait des baisses de régime alarmantes. Je n'ai pas relevé.

– Tu m'avais dit que je pourrais, si je le pensais nécessaire.

– Et c'est nécessaire ?

– Urgent.

– Quand ?

– Dimanche, c'est jouable ?

– Je commande les billets du restaurant. Parce qu'à la maison…

– Je sais, sinon je m'en serais occupé moi-même.

– Après avoir obtenu mon autorisation.

– Que je t'appelais pour réclamer.

Silence. J'avais gagné le combat de conversation. Et le droit d'espérer.

Journal

Mon téléphone est posé sur ma table. Il semble inoffensif dans sa coque argentée. Pourtant, ce matin, il a décoché ma phrase plus sûrement qu'une flèche empoisonnée. A-t-elle juste éraflé Gaspard, laissant sur lui une fine signature rouge qu'il oubliera vite ? Possible. Mais si ma main n'a pas tremblé, c'est dans son cœur qu'elle s'est plantée. Je n'ai pas encore réussi à arracher la flèche que j'ai reçue. Il est plus habile que moi, car il m'a atteinte sans viser.

J'aurais dû jeter ses lettres avant de les lire. Elles le reflétaient à la perfection, avec des phrases qui tournent autour du mot sans réussir à le prononcer. Les phrases de Gaspard évitent ce qu'il cherche à dire. J'ai tellement aimé ça. Jusqu'à ce que je comprenne que loin de se cabrer devant la vérité des sentiments, comme il le donne à croire, elles masquent leur absence.

Jeter ses lettres, ce fut comme tourner la page.

Mais pourquoi les a-t-il écrites ?

Je préfère couper net. À la maison, personne ne doit plus lui répondre. Il se lassera.

J'ai accepté de rencontrer Frédéric. Il m'a invitée au ciné. Quelle originalité ! S'il insiste, je me laisserai faire. En imitant les gestes de l'amour, on peut recommencer à aimer.

Peut-être.

Gare à moi

Mon livre d'anglais sur les genoux, j'essayais de me concentrer. Problème : mon esprit avait été brisé à coups de masse par Maud.

Une nouvelle équipe, des Polonais cette fois, avait enfin pris le relais des Turcs. Jacek, leur chef, me décochait de brefs sourires tout en dirigeant ses troupes. Il parlait notre langue, les autres parlaient la leur. À peine avais-je eu le temps de faire de fulgurants progrès en turc qu'on changeait la donne. Entre deux verbes irréguliers, il se confessait à moi.

– Pas correct, chantier, me disait-il en désignant les cinq énormes sacs en grosse toile blanche bourrés à craquer de gravats abandonnés par ses prédécesseurs.

Finalement, sans enthousiasme excessif, les ouvriers avaient déposé un peu plus tard au milieu du salon (ce mot avait dépassé sa date de validité) plusieurs caisses à outils, des seaux, des sacs de ciment, des truelles et autres instruments contondants, puis ils avaient vidé les lieux en me lançant une phrase en polonais dont je ne savais s'il fallait la traduire par « À demain » ou « Vous n'êtes pas près de nous revoir dans le coin ».

Je n'étais pas resté seul longtemps. Maman, qui avait quitté l'hôpital plus tôt que d'habitude, m'a offert sa mine des jours sans. Elle est venue m'embrasser sur le lit de leur chambre où j'avais allongé mon incapacité à travailler.

– Sale journée ? ai-je demandé en la voyant approcher.

Elle a opiné. De lourds cernes creusaient ses yeux.

– Ce n'est pas aux urgences qu'on rit le plus, tu sais.

– Pourquoi tu ne changes pas de service ?

Maman travaille à la Pitié-Salpêtrière, en gare de triage des souffrances humaines. Je me demandais souvent où elle stockait toutes les douleurs qu'elle ramassait, car elle n'en parlait jamais. Mais je sais qu'elle les ramassait.

Elle a réfléchi à ma question. Pas longtemps.

– Il faut bien que je serve à quelque chose.

Elle a puisé au fond d'elle un sourire de mère dont elle m'a fait croire qu'il effaçait ces soucis du quotidien.

– Ton père m'a dit que tu prenais le train dimanche ?

– Oui.

Un silence.

– Quelquefois, les choses deviennent compliquées, hein ?

– Avec la distance, oui.

Son regard m'a traversé, intense et grave, soudain.

– Est-ce que c'est une belle histoire ? Parce qu'il faut que ce soit beau, tu comprends ?

– Maman...

Je ne savais plus où me mettre. Beau, ça voulait dire quoi ?

– Honnête et vrai, a-t-elle ajouté, comme si elle avait lu dans mes pensées.

– Je fais mon possible.

– Alors c'est bien.

Sa main s'est posée sur ma tête et ses doigts se sont glissés dans mes cheveux. Puis elle l'a retirée.

– Ce soir, on pique-nique. Ton père arrive.

Compte tenu de l'état d'engagement des travaux, la période chips noyées de Yop risquait de se prolonger.

Mon pronostic s'est confirmé, mais dans sa version grand luxe. Avant de quitter le *Royal Trianon* où il exerce ses talents de magicien, papa nous avait concocté un panier grand veneur.

Assis en tailleur sur une bâche nettoyée à l'éponge, nous avons dégusté, dans des assiettes en carton, quelques filets de canettes laqués au sirop d'érable, accompagnés de cerises à la verveine et purée de céleri vanillée !

À la lueur des bougies que maman avait posées sur les sacs de gravats, nous lui avons attribué un 20 sur 20. La note a chuté au moment du dessert, absent. Pour rester sur une bonne impression, mes parents ont vidé la bouteille de Combarieu débouchée. J'ai eu droit à un fond de verre. À la fin du repas, papa a retiré de sa poche des billets Internet et livré le plan de vol.

– Tu décolles de la gare de Lyon dimanche matin à 8 h 28, arrivée à Dijon à 10 h 10. Retour le jour même par le TGV de 17 h 59 qui te ramène à 19 h 40. Tu as une place côté fenêtre. Le commandant de bord sera très heureux de t'accueillir sur son appareil.

Il a levé les yeux de son papier avant d'achever son annonce.

– Nous espérons qu'il n'y aura pas trop de turbulences à l'atterrissage.

Prince du sous-entendu léger, mon père revenait en forme.

– Et cette escapade nous coûte la modique somme de 88 euros qui sera imputée sur ton argent de poche.

Un manque de tact olympique, mon père se surpassait.

– Je peux vous faire 8 800 chèques d'un centime ? ai-je suggéré.

– Tu n'as pas de chéquier.

– On peut étaler les échéances ?

– Sur un mois, oui.

– On peut prélever la somme sur le futur héritage ?

– Il n'est pas certain que la totalité de l'héritage atteigne 88 euros.

– Dès demain, j'attaque une petite vieille dans la rue et je vous rembourse cash.

– C'est sans doute la meilleure solution.

Pour débarrasser la table, j'ai battu le record du monde : sept secondes départ arrêté. J'ai ensuite pris congé de mes hôtes.

En passant du salon à ma chambre, je n'ai pas gagné au change. Le territoire était hostile. J'ai serré mon billet de train contre ma poitrine pour qu'y pénètre le voyage qu'il me promettait. En imaginant que j'étais Boris Vian, j'ai gonflé mon matelas, juste assez pour que les gravats épars ne s'inscrustent pas dans mon dos.

L'avantage du plâtre, c'est que ça s'infiltre partout. Les ouvriers avaient protégé mon duvet mais ça n'avait pas suffi. En me glissant à l'intérieur ce soir-là, j'ai eu peur de transpirer parce que le plâtre mouillé, ça durcit (voir la fin tragique de Toutankhamon). J'avais rendez-vous avec l'histoire dans quelques jours, pas trois mille ans plus tard, dégagé du sable par des Égyptiens.

Je me suis allongé. À la guerre comme à la guerre. Ma nuque s'est posée sur un oreiller qui puait. J'ai branché mon MP3. Stina Nordenstam. La voix fragile de la Suédoise convenait au décor d'apocalypse ambiant. J'ai baissé les paupières.

Fidèle au rendez-vous, Maud m'a enveloppé de son parfum.

Je me suis concentré pour vieillir de trois jours. Oubliés le décor, les décombres, l'inconfort. J'allais la revoir. Et c'est tout ce qui importait.

Je voyageais léger, si on ne tenait pas compte de mon cœur lourd. En pénétrant dans le hall de la gare de Lyon, j'avais conscience de jouer gros. En mal d'harmonisation de mon qi, j'ai enchaîné quelques postures de taï-chi à l'aplomb du *Train Bleu*, la Fente du Billet Composté et la Cigogne qui Lit *Direct Soir* entre autres.

Je me déplaçais en lévitant. Maud était presque à portée de bras. Sous peu, j'allais écarter les malentendus d'un geste, la serrer contre moi et poser directement sur ses lèvres les serments qui résistent à l'épreuve du temps.

Le hall accueillait un ballet de gens pressés. Des pigeons unijambistes lâchaient des fientes en rase-mottes. Certains, le cervelet saturé de dioxyde, se crashaient sur les vitres de séparation des terrasses. J'ai consulté le tableau des départs. Le mien était prévu un quart d'heure plus tard mais le quai du TGV 06 757 n'était pas encore affiché. Eh les petits gars, faudrait voir à pas trop traîner pour recharger les panières de Bounty ! On peut même faire l'impasse, ça donne des caries !

Dans deux heures, Maud et moi, les yeux dans les yeux.

Un cliquetis caractéristique a roulé dans le brouhaha. J'ai fixé le regard sur ma ligne de départ, les yeux dans les starting-blocks. À côté de mon numéro de TGV, des lettres se sont alignées. Trois consonnes et trois voyelles. J'ai d'abord placé les deux N, puis le L. Tout bon. Le A est venu se placer au début, docile, puis le E et le U. Voilà, nous avions le mot ANNULÉ en ordre de lecture.

Comment ça, ANNULÉ ?

Le micro a craché une voix de robot ménager neurasthénique :

« Par suite d'un mouvement social d'une certaine catégorie du personnel, le trafic sera très perturbé. L'essentiel des informations sera consultable sur le tableau des départs dans le hall central. Nous invitons les voyageurs en difficulté à se renseigner auprès du personnel de la SNCF. Veuillez nous excuser pour les désagréments occasionnés. »

Impossible d'y croire. Dans un effort de volonté inouï, j'ai sorti mon périscope mental. Une rotation à 180 degrés m'a permis de repérer le comptoir SNCF le plus proche, une guérite octogonale vitrée qui avait déjà pris des airs de Fort Alamo. Sur le bandeau, on pouvait lire Orientation-Accueil. Retranché à l'intérieur, un petit bonhomme surmonté d'une casquette qui prenait de la gîte essayait de gérer la situation après n'avoir bénéficié que d'un stage de deux heures de gestion des crises. Il découvrait sur le tard qu'il pouvait y laisser sa peau.

Je me suis approché car j'étais moi aussi un voyageur en difficulté. Les autres voyageurs en difficulté attendaient derrière les voyageurs en très grande difficulté leur tour d'engueuler le préposé. Les noms d'oiseaux fusaient (mais, est-ce que le connard est un oiseau ?).

– Vous vous foutez du monde à la fin !

– Bande de planqués !

– What happens ?

– Où est donc le responsable ? J'exige de voir le responsable !

– Comment je vais rejoindre Chalon, moi ?

– Sors de ton aquarium si t'es un homme !

– C'est qui, cette fois, les fainéants en grève ?

– Je te tuerai, pédé !

Derrière sa vitre, l'employé se décomposait. Un type énorme a balayé d'un bras les mouches collées à l'hygiaphone et a écrasé son nez sur la vitre. L'employé a eu un mouvement de recul.

– Alors ? a lancé le type.

Air navré de l'employé, compatissant, solidaire.

– Il n'y a pas de train. Il faut faire avec.

L'énorme a marqué un temps d'arrêt.

– Je ne comprends RIEN à ce que vous dites !

Je me suis écarté. Si ça débouchait sur un meurtre, je ne serais pas sur les vidéos de contrôle. Un coup d'œil sur le tableau m'a appris que la situation n'avait pas évolué. Favorable aux miracles, j'ai envoyé un paquet de SMS.

Dieu n'avait pas de portable.

Lorsque les plus excités se sont retirés, j'ai pu m'approcher de la guérite. J'avais compris en tendant l'oreille que la grève concernait les contrôleurs. Pas de contrôleurs, pas de TGV. Je voulais pourtant garder espoir. J'ai exhalé un peu de buée sur sa vitre.

– Excusez-moi monsieur...

L'autre m'a dévisagé, l'air ahuri. Il avait oublié qu'une phrase pouvait commencer par une formule de politesse. L'émotion a humidifié son regard.

– Combien de temps croyez-vous que ça va durer? ai-je demandé.

Il a soulevé ses épaules pour la millième fois de la matinée, au risque d'attraper une tendinite, puis s'est gratté la tête, longtemps, longtemps, si longtemps que j'ai craint qu'il finisse par se gratter la langue.

– Nous sommes nous-mêmes dépendants des informations qui nous parviennent au compte-gouttes de la...

Il lisait le prompteur. J'ai levé la main pour interrompre le débit.

– Je veux juste savoir si j'ai une chance de prendre un train pour Dijon ce matin. C'est une situation d'urgence.

– Il serait déraisonnable de l'envisager, m'a-t-il avoué, si navré que j'ai pensé qu'il devait lui aussi rejoindre Maud par le même TGV.

J'ai désigné mon Eastpak d'un mouvement du pouce.

– Je transporte un rein. Pour une transplantation. Un prêtre qui a eu un accident de scooter des mers. On m'attend dans deux heures au CHU.

Il a secoué la tête comme un fou. On aurait dit qu'il voulait se décrocher les oreilles sans les mains. Je ne suis pas convaincu qu'il enregistrait ce que je lui racontais.

– ... Vous comprenez ? Le prêtre va mourir et ce sera de la faute de la SNCF !

Sa tête poursuivait le mouvement. Le mécanisme s'était enrayé. Mes tentatives de créer avec lui une complicité propice à la délivrance d'infos ultra-confidentielles avaient échoué. J'ai reculé le buste et tendu vers lui un index comminatoire.

– À vous de prévenir sa femme !

Et j'ai tourné les talons, sous le regard stupéfait d'une seconde vague de voyageurs pressés d'achever le préposé assiégé. Ils transportaient des fagots et de grosses bûches, dans l'intention probable de l'enfumer.

Je suis sorti de la gare. En atteignant le parvis, j'ai réalisé que c'était foutu. Une main de glace m'a crocheté la nuque.

J'ai sorti mon téléphone. Automatiquement, il a appelé Maud. L'oreille plaquée au combiné, j'ai compté les sonneries, puis basculé sur un répondeur dont le message d'accueil ne m'a même pas restitué sa voix. Quand ce fut à moi, j'ai pris mon temps. Ma gorge serrée ne me facilitait pas les choses.

– C'est moi, Gaspard. Je ne comprends pas ton refus de me parler. Appelle-moi. C'est trop bête, appelle-moi. S'il te plaît.

Mon téléphone inutile à bout de bras, j'ai marché quelques mètres. Une Golf à la recherche d'une place de parking s'est rangée devant moi, fenêtre passager grande ouverte. Un sifflement d'avion qui décolle a cédé la place à la voix de Rod Stewart.

Well, if you're travelin' in the north country fair
Where the winds hit heavy on the borderline
Remember me to one who lives there
She was once a true love of mine...

Girl From The North Country. Mon père passait souvent l'original de Bob Dylan. Juste le temps de me traverser et ces paroles, emportées par la voiture qui s'éloignait, m'ont arraché le cœur.

Rejeté sur la grève

Cooper avait ressorti l'écharpe palestinienne du sèche-linge et commandé des cageots de citrons en prévision des affrontements lacrymogènes. Debout sur une chaise, il dominait l'assemblée entassée dans la salle du foyer. Derrière lui s'étalaient des feuilles arrachées d'un paperboard et couvertes de diatribes argumentées sur les dangers du premier contrat. Les choses sérieuses semblaient engagées.

– La manif est prévue demain à quinze heures, départ de la République. La CGT sera en tête, et les syndicats lycéens au milieu du cortège. On a peur des débordements.

– C'est-à-dire de se faire dépouiller par des bandes, a glissé Steve en traduction simultanée.

Assise devant nous, Karen s'est retournée.

– C'est cool, on va sécher.

– Pas si on a la bénédiction des autorités. Le principal va enfiler une veste en jean et venir avec nous, tu paries ?

– Tu rêves ! On n'aura pas posé deux pieds dehors qu'il commencera à rédiger son courrier alarmiste aux parents. Y aura marqué bac français quelque part dedans.

Je me suis tourné vers Steve.

– Tu es personnellement chargé de les récupérer dans les boîtes aux lettres, tous sans exception. En 24 heures chrono.

– J'ai déjà une équipe qui bosse dessus, a répliqué Steve.

Cooper l'a relayé.

– On a un atelier slogans pour les amateurs, là.

Il a eu un mouvement du bras complètement évasif qui pouvait tout aussi bien désigner le baby au fond du foyer qu'un village du Loir-et-Cher. À en juger par les échantillons qui s'étalaient sur le paperboard, l'atelier avait besoin de sang neuf.

« Premier contrat, dernier espoir ! »

« Le premier contrat pour du beurre ! »

Un illustrateur de talent avait exprimé sa pensée par un dessin représentant, de face, une tête de bandit pas rasé. Au-dessus, un cinglant « Ton premier contrat ! Un jeune sous-diplômé, mort ou vif ».

Enfin, d'une écriture qui se cherchait sans se trouver, le paperboard concluait par un aussi subtil qu'élégant : « Ton premier Quontrat, tu l'as dans le Q ! »

Je me suis tourné vers Steve.

– Le dernier, c'est toi ?

– Comment t'as deviné ?

– T'as un coup de patte reconnaissable entre mille.

Soudain, Maud s'est glissée derrière Cooper, bloquant ma respiration. Son regard s'est posé sur moi et m'a soufflé comme une bougie. Évidemment, sur l'estrade, il n'y avait qu'un fantôme d'amour joueur. Maud, à l'étroit dans la prison de mon cœur, avait juste eu besoin de prendre l'air avant de réintégrer sa cellule, et chacune des miennes dans le même mouvement. Steve a remarqué ma pâleur.

– Tu te sens bien ?

– Moyen.

Steve et Karen ont échangé un regard inquiet. Je me suis esquivé. La chaleur qui régnait m'incommodait.

Dans la cour où zonaient des groupes de troisièmes, j'ai sorti mon portable. Aucun message. J'ai été tenté de le fracasser par terre. Ce silence me rendait dingue. À la radio, ils avaient annoncé la fin des grèves éclair à la SNCF. J'allais tenter à nouveau ma chance le week-end prochain. Tant qu'elle ne m'aurait pas fourni d'explication, je ne laisserais pas tomber.

J'ai senti qu'on m'observait. J'ai tourné la tête. Logan, assis sur un banc, me dévisageait. Il avait réintégré le bahut mais n'avait pas daigné honorer de sa présence le meeting de Cooper. La petite cour qu'il avait réussi à se constituer les premiers jours commençait, devant ses sorties incontrôlables, à prendre ses distances, ce qui contribuait à l'isoler encore davantage. J'ai guetté chez lui une de ces moues caractéristiques s'apparentant à de minuscules giclées de fiel, mais son visage lisse est resté impénétrable, à croire qu'il me regardait sans me voir. Je n'ai pas insisté.

Au creux de ma main, mon portable a vibré. Vous avez un message. Fébrile, j'ai joué du pouce. « Ti 1 le kou mon paut on è avK toi ! » Signé Steve. Ce n'était pas lui dont je rêvais.

Steve aurait eu 0 à la dictée de Pivot, mais je lui ai mis 20 en soutien de copain.

Quelques heures plus tard, je me suis retrouvé à ses côtés en espagnol, aussi éloigné que possible de Mme Schmidt. Pour plus de clarté, elle aurait dû s'appeler Mme Gomez, mais le nom était déjà pris par la prof d'allemand.

– Alors tu vas la voir ? m'a-t-il murmuré, penché vers moi.

– Samedi. Si on sort vivants de la manif de demain.

– Bonne idée.

Oui, sortir vivants était une bonne idée. Karen et Steve étaient informés de mes problèmes sentimentaux. J'avais parlé de Maud à Steve dès mon retour de Fonlindrey, c'était mon ami.

– T'as pas une photo, que je me rende compte ?

Sa question anodine m'a secoué. Non, je n'en avais pas, excepté l'album que mon cortex trimballait partout et qu'une simple injonction me permettait de feuilleter.

À Fonlindrey, j'en avais pris quelques-unes avec mon portable, mais l'objet avait connu un destin fâcheux. La veille de mon départ, j'avais eu la bonne idée de plonger avec dans la piscine de Mirebeau, juste pour déclencher un rire de Maud. Soyons clair : pour un rire de Maud, je me serais enfoncé la tête dans une ruche. Seulement ma carte SIM n'avait pas aimé l'humidité.

En mémoire, j'en avais deux qui me scotchaient en particulier. Un gros plan de son visage, le regard braqué sur moi, débordant de gravité et de douceur. L'autre sur la piste de danse du bal magique. Elle rejetait la tête en arrière en riant, ses cheveux balafraient un néon rouge en arrière-plan, son chemisier blanc plaquait sa poitrine. Ces images ne remplacent peut-être pas les gens, mais elles vous aident à maquiller leur absence.

Mon silence avait répondu pour moi.

– D'accord, tu n'en as pas, a dit Steve.

– Si j'en avais, j'aurais le nez collé dessus en permanence.

– À ce point-là ?

– Pire.

Il a réfléchi. Ou du moins l'imitation était-elle parfaite.

– Si elle est vraiment bonne, ça craint.

J'ai un peu froncé les sourcils.

– Tu devrais monter une cellule de soutien psychologique, ai-je conseillé, tu es doué.

– Si je te baratinais, je ne te rendrais pas service. T'as intérêt à foncer sur place avec un nunchaku.

– Tu crois que si je la frappe, elle va me rappeler ?

– Le nunchaku, c'est pour les autres vautours.

– Selon toi, elle m'a remplacé ?

– Sûr.

– Tu me donnes une de ces pêches !

– Eh ! a-t-il protesté. T'es un mec super, je ne dis pas. Mais imagine Zac Efron qui se pointe devant elle !

– Qu'est-ce que Zac Efron vient foutre dans cette histoire ?

– C'est un exemple. Un exemple d'un autre mec super. En plus, si Zac Efron habite Dijon, pour elle, c'est plus pratique de sortir avec lui que d'attendre que tu prennes le TGV.

– Mais ça ne sera pas super pratique pour Zac Efron d'habiter Dijon, note bien.

– Je me comprends.

– C'est un début.

Alerte à la Schmidt ! Nous avons enfilé quelques minutes notre tenue de camouflage et la prof nous a pris pour des élèves. Dès qu'elle nous a tourné le dos, nous avons laissé tomber la mission.

– Qu'est-ce que tu penses de Nathalie ? m'a demandé Steve.

– Elle est particulièrement repoussante. Et elle n'a pas inventé l'eau tiède.

– Moi aussi je la trouve extra.

Son regard chavirait un peu. Mon copain était touché par la grâce.

– Tu es amoureux d'elle ? ai-je risqué.

– Tu débloques ! s'est-il écrié, comme si j'avais prononcé une phrase irradiée.

Steve, pour des raisons qui m'avaient toujours échappé, enfouissait ses sentiments dans des containers prévus pour les déchets radioactifs. Sa philosophie indiquait que l'amour polluait l'esprit des garçons qu'une vitalité sans bornes, une âme d'aventurier et un irrépressible désir de liberté destinaient à la hautaine solitude des grands lions. N'empêche que sous son armure de Robocop poussaient des champs de violettes.

– D'accord, d'accord, tu ne l'aimes pas.

À cet instant précis de notre échange, j'avais encore moins envie d'apprendre l'espagnol qu'au début du cours. L'Espagne aurait été rayée de la carte que je n'aurais pas levé le petit doigt. La prof l'a senti. Elle m'a servi un catalogue de clichés affligeants sur le manque d'investissement des lycéens d'aujourd'hui avant de récompenser mon absentéisme spirituel par une heure de colle. Rien qui puisse me réconcilier avec la matière.

En fin de journée, tandis que mes compagnons regagnaient leurs pénates, je m'escrimais sur des exercices de grammaire espagnole. À dix-huit heures, on m'a rendu mes effets personnels et les portes de la maison d'arrêt se sont ouvertes.

Le gardien m'a filé un dernier coup de matraque pour la route et je me suis retrouvé sur le trottoir. Personne ne m'attendait.

Je me suis dirigé vers la bouche de métro la plus proche, le moral en berne. En chemin, je me suis figé.

De l'autre côté du boulevard, sortant du *Coupe-Gorge*, Logan, mains dans les poches, voûté, fixait le sol devant lui. Il a relevé la tête à l'approche d'une puissante Audi qui s'est rangée à sa hauteur. Le conducteur n'est pas descendu. Logan s'est penché vers la vitre. Il a parlementé. Ensuite seulement il a ouvert la portière pour se glisser sur le siège. L'Audi l'a emporté.

J'ai eu le temps de distinguer un quinqua cravaté au volant. Logan avait appuyé sa tête sur la vitre, comme s'il voulait rester éloigné du conducteur.

Le bonheur ne s'était pas invité au voyage.

Cette vision m'a laissé une impression indéfinissable. Le quotidien de celui que je détestais ne transpirait pas la jubilation, et je ne parvenais pas à m'en réjouir.

Sur le seuil de l'appartement, j'ai respiré calmement, le regard planté dans le paillasson. Ma journée pesait sur moi comme un sac de gravats. Derrière la porte, je n'étais pas certain que m'attendait ce qui l'aurait réduit en poussière.

J'ai fermé les yeux, glissé ma clé dans la serrure et découvert un domicile flambant neuf. Un étrange silence régnait. Du salon provenaient les éclats tremblants de quelques bougies. La pénombre a libéré la silhouette qu'elle retenait prisonnière. J'ai lâché mon Eastpak qui est tombé sur le parquet. Maud s'avançait vers moi.

– Comment es-tu entrée ? lui ai-je demandé.

– Tu ne m'embrasses pas ? a-t-elle répondu.

J'ai voulu faire un pas vers elle mais je me suis pris le pied dans le paillasson.

Le paillasson ?

En ouvrant les yeux, j'ai découvert une clé dans ma main ; elle était enfoncée dans une serrure. D'un coup de poignet, j'ai confronté l'idéal avec la vraie vie.

Un fin nuage de plâtre flottait devant moi. Au milieu du chaos, Jacek fumait une Camel en beuglant au téléphone.

– Si vous pas livrer matériel, monsieur Siman, nous pas possible avancer !

Mon père a surgi de notre ancienne cuisine, vieilli de mille ans. Il m'a lancé :

– Rupture de stock chez le fournisseur... Siman se fout de moi.

– Pas trop mal, merci. Et toi, ta journée ?

– Excuse-moi. J'essaie de coordonner l'anarchie.

Un vague mouvement de bras circulaire a désigné la déchetterie où nous logions. Jacek nous a interrompus.

– Je crois qu'il a comprendre. Demain, tout arrive.

Papa s'est tourné vers moi.

– Jacek et son équipe vont achever le chantier, m'a-t-il expliqué. Siman doit s'occuper des matériaux. Sauf qu'il livre quand il y pense.

La tête de Jacek a opiné.

– Faudrait pas que ce cirque dure trop longtemps, a ajouté mon père.

La tête de Jacek a changé d'axe pour exprimer un fervent non non, faudrait pas en effet.

– Est-ce que je peux tenter à nouveau ma chance samedi prochain ? ai-je demandé en changeant de sujet. Mon voyage à Dijon...

– Bien sûr. Moins tu passeras de temps dans ce foutoir, mieux tu te porteras.

J'étais d'accord à cent pour cent. Je n'ai pas eu le temps de le lui dire, mon père avait été appelé par Jacek sur une mission de la plus haute importance : l'emplacement d'un futur boîtier électrique. Ayant repris ma liberté, j'en ai fait usage et j'ai visé ma chambre.

En chemin, j'ai croisé une créature emballée dans un tee-shirt XXXXXXL, un sumotori qui m'a salué en se frappant la poitrine du poing.

– Andrzej ! s'est-il présenté d'une voix flûtée.

Le colosse avait avalé un moineau de travers. De la main, il a imité Gustave Courbet dans son atelier. J'ai compris qu'il était peintre. Je me suis présenté à mon tour. Gaspard Corbin, âme en peine.

Puis, conscient que des tonnes de devoirs m'attendaient, j'ai rejoint ma chambre.

Quelqu'un aurait-il vu ma chambre quelque part ?

Après l'avoir débarrassée de son plastique, je me suis assis sur ma chaise et j'ai poussé un soupir de lassitude. L'erreur. Les lieux avaient disparu dans un nuage de poussière. J'ai attendu qu'elle se redépose sans bouger d'un cil.

Quelques heures avant, j'avais ressenti une absence totale d'envie d'étudier l'espagnol. La sensation revenait, appliquée aux maths. J'ai décidé de laisser faire la nature, d'autant que le lendemain, avec la manif, nous risquions de ne pas nous éterniser en classe.

Je me suis collé mes écouteurs sur les oreilles, il fallait que je m'évade d'ici.

La musique m'a balayé, Nelly Furtado en tête, avec sa chanson pour me parler d'une angoisse qui, de jour en jour, creusait en moi des galeries.

Honestly what will become of me
Don't like reality…

Une tristesse brutale m'est tombée dessus. Le manque de Maud m'a rapproché d'elle, il lui manquait un corps pour affirmer sa présence.

… Flames to dust
Lovers to friends
Why do all good things come to an end…

Ce n'est pas fini, toi et moi, Maud. Nous l'ignorons encore, voilà tout.

... Traveling I only stop at exits
Wondering if I'll stay
Young and restless...

La souffrance en musique est plus aiguë mais fait moins mal.

... The pain sets in and I don't cry
I only feel gravity and I wonder why...

C'était exactement ça. La gravité. Un poids inhabituel sur les épaules. Un amour que je portais et qui m'écrasait.

Pour Maud, j'ai remis le morceau. Et je n'ai pas dansé seul.

Journal

Au lieu d'un bouquet de fleurs, il m'a offert un esquimau. Pendant tout le film, il a grignoté ses pop-corn.

Je connais depuis des années un garçon que j'ai découvert ce soir-là. Frédéric est un poster collé sur un mannequin. Ses lèvres en caoutchouc m'ont volé le baiser que je lui ai offert. Comme s'il s'agissait d'une formalité qu'il était pressé d'accomplir. Il a commencé sans savoir par le dernier baiser, au sortir du dernier film du dernier ciné. Il pourra toujours regarder en souvenir mon prénom défiler sur le générique de fin.

Je ne sais plus où j'en suis.

Je pensais passer par d'autres garçons pour éloigner Gaspard, mais chacun de ces garçons me renvoie à lui. À ses yeux baissés. À ses mains sur mes hanches. À la douceur de ses premières intentions. J'ai beau le vouloir, rien ne la remplace. J'ai l'impression qu'en essayant d'éclairer à nouveau cette grande salle par des petits bonheurs, j'épaissis les ombres.

J'ai tellement cru en lui.

Et si… Et si…

Et si ma réaction n'avait pas été la bonne ? Si la trahison n'était pas l'explication de la scène à laquelle j'ai assisté ? Toute à ma colère, je n'ai même pas pris la peine d'interroger Gaspard. Ses hésitations l'auraient fait trébucher. Confronté à ses contradictions, il aurait bafouillé, et j'aurais su, mais vraiment su à quoi m'en tenir. Sans cette certitude, comment l'oublier quand la meilleure part de moi, celle qui est devenue belle parce qu'elle a plu, celle qui est devenue vivante parce qu'elle a compté, s'y refuse ?

Pourquoi ne lui ai-je pas accordé une chance ?

Pourquoi ne m'en suis-je pas accordé une ?

Cette histoire était-elle trop exceptionnelle pour moi ? Si je ne m'en sentais pas digne, j'aurais pu vouloir qu'elle ne dure pas…

Mais il en a embrassé une autre !

En même temps, s'il tenait à moi, il serait venu. Il aurait couché d'un souffle les murailles silencieuses que j'ai dressées. Ensuite ses doigts auraient effleuré mes lèvres. En braille, il y aurait lu de l'amour. S'il a encore de l'amour au bout des doigts.

Mais Gaspard n'est pas venu.

Je n'irai pas te chercher. Mais j'avoue que je t'attends sans me l'avouer.

Bastille République

Cooper embouchait son mégaphone tel Roland à Roncevaux. Quelques larsens inintelligibles plus tard, deux mille personnes se sont penchées vers leur plus proche voisin pour demander en chœur :

– Qu'est-ce qu'il a dit ?

Suite au fiasco, il a brièvement étudié l'objet, actionné tous les boutons, l'a secoué et s'est à nouveau collé l'embout sur les lèvres pour grogner un tonitruant :

– Qu'est-ce que c'est que cette merde ?

Là, tout le monde a bien entendu. Un tonnerre d'applaudissements est venu saluer cette brillante analyse politique que la majorité avait pensé reliée au premier contrat.

– Tous ensemble ! Tous ensemble ! a-t-il enchaîné.

– Ouais ! Ouais ! avons-nous beuglé.

La réponse était bonne, Cooper semblait satisfait et nous a attribué un 18 sur 20 qui allait compter dans le livret.

Nous étions venus à pied du bahut, en bataillons désordonnés qui mélangeaient élèves de la seconde à la terminale. Les petits du collège étaient restés consignés dans leurs baraquements, saluant notre départ par des « les salauds, ils vont sécher ! » qui en disaient long sur la pureté qu'ils prêtaient à nos convictions. J'avais cheminé aux côtés de Steve, donc aux côtés de Nathalie puisque mon camarade ne la quittait plus d'une semelle. La prolifération des boutiques le long de la rue du Faubourg-Saint-Antoine a doublé notre temps de parcours. Elle n'avait jamais l'occasion de faire les vitrines, s'est-elle justifiée. Comme elle, le premier contrat, je m'en foutais comme de ma première chemise. Moi, tout seul dans ma peau froide, je manifestais pour la prorogation du premier amour.

Logan avait lui aussi franchi les limites du bahut mais je ne le voyais plus. Il avait dû pénétrer dans un bistrot sur le chemin.

Nous patientions autour du piédestal circulaire de la place de la Bastille, déjà noire de monde.

– Pourquoi elle est là, cette colonne ? a soudain demandé Nathalie.

– C'est à cause de la Révolution, a lâché Steve.

Je ne savais pas non plus, mais moi au moins je n'avais rien dit. Il s'est fait cueillir par Rayah.

– Aucun rapport, a-t-elle commenté. Elle a été élevée en 1840 pour commémorer les Trois Glorieuses.

– Les trois frangines qui ont libéré Napoléon de la Bastille ! a ajouté Steve.

Rayah l'a fixé comme si c'était une fiente de pigeon venue s'écraser sur son pull.

– Les 3 journées de juillet 1830 qui ont annoncé la chute de Charles X. Paris s'insurge, le maréchal Marmont massacre. Le nom des cinq cent quatre tués est inscrit là, sous vos yeux, et vous piétinez pratiquement leurs ossements.

– C'est ça qui craque ? a lancé Steve impatient de montrer qu'un analphabète pouvait avoir un humour aérien.

– On y va ! a hurlé Cooper, pour lui sauver la mise.

Les pancartes se sont dressées, les banderoles ont claqué au vent et il ne s'est rien passé du tout. Avant qu'on puisse emboîter le pas aux premières rangées, un bon quart d'heure allait encore s'écouler.

Nous lycéens n'étions pas le gros de la troupe, plutôt constitué de vieux estampillés CGT, FO et autres sigles barbares.

Enfin, nous avons pu nous dégourdir les jambes.

Steve, aidé de Nathalie, a déplié son message coloré à la face du monde et nous avons manifesté. Nous avons pris soin de reprendre à gorge déployée tous les slogans que crachait dans son mégaphone un Cooper exalté.

– Premier contrat !

Foule en délire :

– Première arnaque !

Mégaphone :

– Le premier contrat...

Lycéens en colère :

– ... Pour du beurre !

Le slogan de Steve est resté collé à sa banderole sans passer le mur du son. Cooper l'avait écarté de la liste officielle, conscient qu'il n'ajouterait rien à la haute tenue du débat.

Et nous avons marché, poussant nos beuglements à leur paroxysme.

Mégaphone :

– Président, t'es foutu !

Jeunes pas contents :

– Les lycées sont dans la rue !

Nous avons donné le meilleur de nous-mêmes pendant une bonne demi-heure, puis nous nous sommes lassés. Cooper a continué son récital en solo. Avec Karen, on a commencé à bavarder de choses et d'autres malgré le manque de discrétion des manifestants qui faisaient un potin de tous les diables. Contrairement à ce que j'imaginais, elle ne m'a pas demandé de nouvelles de Maud, juste de l'avancée des travaux à feu mon domicile. Dans les deux cas, la réponse aurait pu être : tout est cassé, et ça tarde à reprendre figure humaine.

La conversation a tourné court, nous étions toujours dérangés. Était-ce trop demander que d'avoir un peu d'intimité ? À l'évidence, pour la majorité des présents, oui.

Soudain, j'ai aperçu Logan, un brassard du service d'ordre sur la manche de son blouson. Il remontait la foule sur le flanc, l'air concentré. Puis il s'est fondu dans la marée. Qui a brutalement ralenti, tandis que des cris éclataient plus loin.

On a vu passer des capuches, des essaims de capuches même, quelques doigts d'honneur nous ont fait coucou par-dessus les têtes et la couleur noire des CRS a égayé le décor. Aux slogans antigouvernementaux ont succédé des « 9-3 en force ! » et des « 7-8 trop puissants ! ». La marée humaine a alors connu ses premières houles. J'ai senti Karen se rapprocher de moi. Steve en a profité pour se rapprocher de Nathalie, inconscient de ce qui se préparait, comme d'habitude, sinon, dans son esprit pervers, l'exécution opportuniste d'un plan libidineux. Je l'ai hélé.

– Eh ! T'as prévu un itinéraire de repli ? Je sens que ça va dégénérer !

– T'inquiète, espèce de pétochard ! C'est rien !

À ce moment précis, il s'est pris une dizaine de manifestants sur le dos, sans doute repoussés par une attaque anonyme en lisière du cortège. Des corps se sont écroulés et je l'ai perdu de vue. Des hurlements hystériques ont fusé, des « Mais vous êtes malades ou quoi ? », accompagnés de bousculades extrêmement confuses ponctuées de chocs sourds.

Nous étions à la hauteur du Cirque d'hiver. La mêlée n'a pas duré longtemps. Plusieurs costauds de la CGT ont établi un cordon de sécurité là où s'étaient déclenchées les échauffourées. Les casques brillants des CRS sont venus en renfort.

– Ils se sont barrés dans cette direction ! leur a crié un chevelu qui saignait du nez en tendant le bras vers la rue Oberkampf.

Je me suis tourné vers Karen.

– Tout baigne ? ai-je demandé.

– Bien sûr ! Quand on a assisté une fois au concert des De budbringere à la patinoire d'Ivry, je te garantis qu'on est vacciné. Et Steve ?

Nous sommes retournés vers l'épicentre du séisme. Sous la pyramide humaine affaissée, nous avons retrouvé notre ami légèrement chiffonné, mais en pleine possession de ses moyens, fier d'être dans l'équipe B du cirque de Pékin.

– C'est quoi cette bande de cons qui m'est tombée dessus ? s'est-il enquis.

– D'innocentes victimes d'une bousculade orchestrée par des jeunes des quartiers sensibles, ai-je répondu.

– Ça fait longtemps que tu bosses au journal de TF1 ? m'a-t-il dit, interloqué.

– Je commence juste.

– T'as vite trouvé le ton.

Nathalie, qu'il avait protégée pendant le tsunami, s'est scotchée à lui. Éperdue de gratitude, elle a posé sa main ouverte contre sa joue. Steve a pris feu.

– Heureusement que t'étais là, a-t-elle glissé.

Le programme suivant risquant d'être interdit aux mineurs, je suis intervenu.

– Si on se barrait ?

– T'es devenu favorable au premier contrat ? m'a demandé Karen, acide.

– Le premier contrat, c'est sur nous qu'on l'a lancé. Je suis trop jeune pour mourir.

– Mais pas trop jeune pour courir, au cas où les capuchards reviendraient...

J'ai haussé les épaules. Pourquoi Karen m'asticotait-elle ? Partir, rester, je m'en fichais. Je n'étais pas complètement présent de toute façon. Brusquement, elle a changé d'avis.

– Gaspard a raison, barrons-nous !

Nathalie approuvant, Steve ne désapprouvait pas. Tels des poissons pilotes rejouant en accéléré le cycle de l'évolution, nous avons évité les bancs de lycéens pour gagner la rive du trottoir. En chemin, nous avons récupéré une Rayah démobilisée qui remontait le courant.

Près du square de la place Pasdeloup, une équipe de télévision interviewait certains de nos confrères. Dans l'espoir d'attraper un métro, nous avons gagné la rue Oberkampf en nous faufilant à travers un cordon de CRS.

Eux qui devaient protéger le cortège des incursions extérieures avaient certainement tenu leurs instructions à l'envers parce qu'ils rechignaient à nous le laisser quitter.

Un peu plus tard, ils nous ont beaucoup manqué...

La rumeur de la manif décroissait dans notre dos quand, provenant d'une ruelle pavée, les sons caractéristiques d'une embrouille nous sont parvenus aux oreilles. Avec, perdue au milieu des cris, une voix familière. Coincé contre un mur par une dizaine d'agresseurs vêtus de l'uniforme officiel du fauteur de troubles, jean large, sweat à capuche et écharpe nouée devant la bouche, nous avons rapidement identifié notre ami Logan. Un Logan en grande forme qui passait son oral de diplomatie en direct sur nos écrans.

– Allez vous faire foutre ! Je vous emmerde ! a-t-il hurlé.

Les gars ont mal interprété les propos amicaux de Logan. Ils avaient sans doute un bon fond, mais n'avaient pas envie de creuser pour l'atteindre. Ils lui ont donc logiquement foncé dessus de concert, en traitant l'impudent de bâtard et de baltringue (alors qu'ils le connaissaient à peine !).

Bon, Logan pouvait être agaçant. Toutefois la réaction des autres paraissait excessive.

Les rapports que j'entretenais avec la victime justifiaient-ils que je me risque à perdre un œil en la récupérant derrière les lignes ennemies ?

Rayah n'a pas tergiversé. Elle a fusé comme une torpille et couru prêter main-forte à Logan, qui s'était déjà pris un ou deux coups de tatanes en apéritif. Pour éviter qu'au bahut jusqu'à la fin de l'année on nous crache dessus du haut des étages, Steve et moi avons suivi. Dans le sillage de Rayah l'Impétueuse.

À peine arrivé sur le théâtre des opérations, j'ai pris un marron, communément appelé pain surprise, une recette de petites claques avec une tranche de coup de poing à l'intérieur. Délicieux. J'ai essayé de ne pas m'apitoyer sur mon sort et j'ai récité mon bréviaire du combattant Pokémon.

1. Trouver une fenêtre de tir.
2. Verrouiller l'objectif.
3. Déclencher la frappe.

La fenêtre, c'était bon, l'objectif, je l'avais, mais c'est l'objectif qui a déclenché la frappe.

Deux à zéro pour les méchants.

Tous ces coups encaissés ont commencé à m'énerver et j'ai considéré l'ensemble des silhouettes à capuches comme un magma hostile qu'il fallait déblayer. Celle qui m'a carrément transformé en machine à tuer, c'est Karen. Tandis qu'avec Rayah elle balançait des claques non homologuées par la Fédération Internationale, elle a pris une manchette dont le bruit m'a glacé les sangs.

Le type déguisé en Fantôme du Bengale qui se trouvait en face, je ne l'ai pas raté. Il allait retrouver un gisement d'incisives dans les plis de son écharpe.

Ce fut une mêlée, souvent confuse, avec les corps qui se traînent par terre et le son des habits qui se déchirent. Entre deux parades-ripostes sophistiquées, j'ai vu un sweat Fruit of the Loom se colleter avec Steve dans une belle confrontation de styles : l'école Muay Thaï contre l'académie Pain dans la gueule. Un hululement caractéristique de sirène a soudainement mis fin au pugilat. Effrayés par l'arrivée des tuniques bleues, les agresseurs se sont égaillés, nous laissant en souvenir quelques exemples d'insultes inventives.

J'ai aidé d'une traction Karen à se relever, Logan s'est débrouillé seul. Ayant encaissé le plus fort de la charge, il offrait à nos regards inquiets une version cubiste de son visage. Je m'en tirais avec une lèvre supérieure qui ressemblerait bientôt à une chambre à air et une contusion sur la pommette. Les filles étaient dépeignées, mais elles avaient sous les ongles des traces d'un sang qui n'était pas le leur. J'en connaissais certains qui allaient devoir expliquer chez eux comment ils s'y étaient pris, en plein Paris, un jour de semaine, pour se faire attaquer par des lynx.

– Qu'est-ce qui s'est passé ? a risqué Rayah l'Incroyable Tigresse.

– Ils voulaient me taxer mon portable ! a postillonné Logan encore tremblant de rage.

– Et ils n'ont pas dit s'il te plaît ? a dit Steve.
– Exactement.
– Je pense comme toi, a ajouté Steve, l'impolitesse est un crime de guerre.

Logan a reniflé un moment, la tête basse, semblant hésiter à ajouter quelque chose. Puis il s'est décidé.
– Merci pour le coup de main.

Il a levé vers Karen un regard en coin, fuyant, qu'elle a soutenu. J'ai eu alors une impression indéfinissable que les événements ne m'ont pas laissé le loisir d'analyser. En formation de tortue, une poignée de CRS se pointaient sur les lieux du crime.

Pour éviter de perdre trop de temps, nous avons menti sur l'origine de nos ecchymoses. Steve avait glissé sur un savon en sortant de sa douche et les filles s'étaient endormies sous leur sèche-cheveux avant de venir à la manif.

À leur départ, nous avons rejoint la rue Oberkampf. Steve s'est inquiété des conséquences de la bagarre sur son physique de jeune premier.
– Je ressemble à quoi ?
– Franchement ? À un kebab, avec des cheveux dessus.

Steve a tiqué.
– Sérieux ?
– Demande à Nathalie !
– Je préfère. Elle sera plus objective.

Complètement amoureux, le pauvre ! On allait bientôt devoir l'hospitaliser.

Logan m'a ignoré sur le chemin du retour, qui a duré un bon moment puisque nous avions opté pour la marche à pied. Il a cheminé près de Rayah, qui était retombée dans un des mutismes dont elle a le secret.

Steve a passé son temps à souffler sur le bout des doigts de Nathalie qu'une griffure un peu appuyée avait endoloris. Quant à Karen, elle n'a pas desserré les dents.

Nous nous sommes séparés place de la Nation. C'est en arrivant en bas de chez moi que j'ai tâté la poche de mon jean. J'aurais pu tâter trois siècles que ça ne l'aurait pas fait réapparaître.

Mon portable avait disparu.

Journal

Reçu un SMS de Gaspard.

« Toi et moi c'est fini. C'est mieux comme ça. Dijon trop loin. Bonne route. »

J'ai relu la dernière page de ce journal, la rage au cœur. Mais il a raison mille fois, c'est mieux comme ça, beaucoup mieux. Je lui souhaite du bonheur avec cette fille, qu'ils s'embrassent à en étouffer.

Je pleure de soulagement.

Maintenant que j'ai écrit l'épitaphe de notre histoire, je n'ai plus qu'à poser une lourde pierre dessus et attendre que quelque chose de vivant m'arrive.

Le train meuglera trois fois

J'ai abordé les jours qui ont suivi la manif avec une humeur de chien. J'étais définitivement coupé de Maud. Certes, elle ne m'appelait plus, mais le simple fait qu'elle ne puisse plus le faire si le désir lui en revenait me rendait malade. Ne plus être joignable, c'est ne plus exister.

La dernière fois que je m'étais servi de mon portable, j'arrivais place de la Bastille. J'avais perdu Steve quelques minutes plus tôt, entre deux vitrines. Je l'avais ensuite rangé dans mon jean (le portable, pas Steve), sans bien l'enfoncer sans doute (la preuve que je ne parle pas de Steve !). Il avait pu tomber n'importe où (je ne parle toujours pas de Steve). Mais l'hypothèse la plus probable faisait remonter la perte au moment de la bagarre. Pendant la mêlée, je n'avais pas été économe de mes mouvements et, s'il avait glissé de ma poche, je ne m'en serais pas rendu compte.

Imaginons un instant qu'il ne soit pas tombé, mais qu'un être foncièrement malveillant s'en soit emparé. Ou qu'il soit tombé et qu'un être pernicieusement vicieux ne me l'ait pas rendu. Les capuchards ? Improbable. Ils s'étaient enfuis sans demander leur reste à l'approche des flics. Alors qui ?

J'ai pensé à quelqu'un. Son nom commence par Lo et finit par Gan. Au lycée, son attitude n'avait pas changé. Il restait cet être lointain animé d'une absence totale d'intérêt pour les êtres et les choses. Si j'avais décelé chez lui une des fanfaronnades silencieuses qui étaient sa marque de fabrique, elle aurait donné corps à mes soupçons. Seulement, j'en suis resté pour mes frais. La gratitude que ma participation à son sauvetage lui avait inspirée s'exprimait par un dédain absolu.

L'idée qu'on plonge dans le secret de mon répertoire, lise mes SMS, regarde mes photos me contrariait. Par un simple appel à l'opérateur, j'avais bloqué la carte SIM, je ne risquais pas de payer jusqu'à la nuit des temps des communications pour Papeete, mais là n'était pas l'essentiel. Un esprit mal intentionné pouvait tirer le pire de ce matériau intime.

Logan était-il vraiment impliqué ? Ne devenais-je pas paranoïaque ? Les criminels les plus retors ont un mobile (sauf moi qui n'en avais plus).

Heureusement, alors que ma vie partait en miettes, l'ambiance paisible de mon appartement me permettait de me reconstruire...

J'y retournais le soir avec des crises d'angoisse. Certes, le chantier évoluait, mais en mal. Jacek, plein de bonne volonté, passait son temps à courir après des matériaux qui avaient tendance à s'évaporer entre l'entrepôt des fournisseurs et chez nous. On ne comptait plus les pannes de camionnettes. Certains jours, aucun ouvrier ne venait. Mon père craquait. Siman lui tapait sur les nerfs. Il lui laissait des quantités industrielles de messages qui demeuraient plusieurs jours sans réponse.

Avec ma mère, ils rongeaient leur frein en consultant les catalogues de la Plateforme du Bâtiment ou les nuanciers de Raboni (Un carrelage Raboni, un carrelage pour la vie !). Leurs traits se creusaient quand même de manière alarmante.

Soyons juste, lorsqu'ils étaient là, Jacek et son orchestre (Tomasz, Waclaw et, à la peinture solo, Andrzej) ne restaient pas les bras croisés tout le temps. Ils avaient entamé la plomberie. Donc nous n'avions plus d'eau, sinon un mince filet saumâtre coulant d'une arrivée sommaire dans l'entrée.

Ces conditions de survie extrême ne me rendaient pas la vie plus facile. Le soir, dans mon sarcophage pestilentiel, je rêvais de Maud. Que le chemin du retour me semblait long !

J'ai laissé mourir la semaine et, au bout du rouleau, j'ai rappelé à mon père sa promesse. J'avais dégotté un aller-retour pour Dijon sur un site de revente des billets Prem's.

Départ 8 h 28, arrivée en gare de Maud à 10 h 10.

Je repartais le jour même à 17 h 58 pour arriver à 19 h 40, donc 20 h 30 à la maison. Trente euros service compris. Mon père avait dit chapeau ! et les trente euros avaient changé de propriétaire.

La semaine s'est enfin achevée. Il était grand temps de revivre.

En outre, ma lèvre avait dégonflé...

En vitrine du Relais H, j'ai vu que le DVD de l'épisode précédent était déjà sorti.

Avant de pénétrer dans l'enceinte, j'ai tendu l'oreille dans la crainte de percevoir des slogans vengeurs, du genre « Sénateur Palmer, t'es foutu, les contrôleurs sont dans la rue ! ». Rassuré par le calme apparent, j'ai enchaîné quelques pas prudents.

À l'emplacement où se trouvait quelques jours auparavant la guérite d'orientation-accueil SNCF s'élevait une tombe en granit où s'inscrivait ce que j'ai supposé être le nom du pauvre agent chargé de gérer les voyageurs en grande difficulté. Ainsi, il n'avait pas survécu à la dernière charge. Parfois, des passants émus déposaient des sandwichs TGV sur la pierre en se recueillant un instant.

Je me sentais bien. Confiant. Placide. La roue allait tourner et j'allais gagner le droit d'être heureux. Étant un peu en avance, je me suis acheté un pain au chocolat au comptoir de la Brioche Dorée, sorte d'objet apparemment comestible constitué d'un peu de pâte pas cuite enrobée d'un peu de pâte trop cuite. Mon estomac l'a accueilli en émettant de sérieuses réserves. Tandis que je mastiquais, je ne quittais pas des yeux le panneau maudit planté au cœur du hall. Mon train était annoncé. Inconsciemment, je me suis crispé.

Roulement de tambour, les lettres ont cliqueté. Ma main s'est crispée sur la crosse de mon Glock 19, prête à vider mon chargeur sur le premier contrôleur armé d'une pancarte de protestation qui aurait surgi. Mais non, oh miracle ! un numéro de quai s'est affiché.

Je me suis précipité (de peur que le panneau change d'avis), j'ai grimpé en voiture 3 et rejoint la place 65 où je me suis assis sans enlever mon blouson. Même le GIGN n'aurait pu me forcer à quitter le wagon.

J'étais en tête. Je serais un des premiers à arriver. J'ai repensé à la maxime sur le sac de Karen et souri.

8 h 25. Les voyageurs non munis de titres de transport ont été priés de s'éjecter parce que les retrouvailles Gaspard/Maud étaient imminentes.

8 h 28. Dans un chuintement divin, les portes se sont refermées et j'ai senti le wagon bouger. Plus vite. Encore plus vite. Par la fenêtre, les murs tagués des premiers tunnels ont défilé, les façades noires d'immeubles décatis se sont escamotées. J'ai commencé à me détendre.

Personne n'est venu occuper le siège près du mien. Pourtant, je n'avais pas encore enlevé mes Converse. J'y ai posé mon Eastpak et j'ai branché mon MP3. Mon tête-à-tête avec Maud débutait là.

J'étais bien. Le soleil rasait les champs fauchés de Seine-et-Marne.

J'ai choisi un rock dévastateur pour me mettre en oreilles. James McMurtry. *Levelland.*

Flatter than a tabletop
Makes you wonder why they stopped here
Wagon must have lost a wheel or they lacked ambition one
On the great migration west...

Emporté par les riffs de guitare et la voix nasillarde du Canadien, j'étais invincible, logé dans un obus confortable qui filait en sifflant vers le cœur de mon amour provisoirement perdu. Bien décidé à faire mouche.

Mon pied battait la mesure sur la moquette usée.

... And when the dust had all but cleared
They called it Levelland, the pride of man
In Levelland

À la douane de Dijon, j'allais déclarer mon amour pour Maud et payer l'excédent de bagages sans sourciller.

...Just Levelland
Far as you can point your hand
Nothin' but Levelland...

Il ne pouvait rien m'arriver. J'étais en route, filais droit. Mon MP3 transformait le monde entier en clip sauvage. J'ai programmé des extraits du Live de REM. *Cuyahoga, Imitation of Life, The Great Beyond, Leaving New York...*

Sans le moindre effort, sous un rayon de soleil, l'image de Maud à Fonlindrey m'est apparue au moment où papa cherchait à nous arracher du village au volant de la Ford et que, du bout des doigts, elle nous jetait un sort.

Mon MP3 possédait la bande originale du film, j'ai sélectionné *My Immortal* d'Evanescence. Au creux de son cou, j'ai posé tous les baisers manqués réunis en un seul. Nous étions en gare de Dijon et les malentendus de ces dernières semaines étaient dissipés comme par enchantement.

Nous roulions depuis une heure quand j'ai perçu un choc dans le fond de mon clip.

Juste après, le train a ralenti. Le couinement d'un freinage d'urgence. J'ai ôté mes écouteurs. Pas de doute, on stoppait en pleine voie.

« Le train est actuellement stoppé en pleine voie. Pour votre sécurité, veuillez ne pas tenter d'ouvrir les portes. Merci de votre compréhension. »

Qu'est-ce que je disais !

Dans le carré juste devant, un cadre sup a levé la tête de l'écran de son ordinateur où s'affichaient des graphiques roboratifs tandis qu'à ses côtés un quinquagénaire regardait la vidéo d'*Iron Man* sur le sien. En face, un rappeur jonglait entre deux iPod près d'une mamie qui s'échinait sur les mots fléchés de *Télé Loisirs*. On a entendu des bruits de bouchon : les écouteurs étaient retirés en urgence dans toute la rame. Les têtes ont commencé à s'agiter. Le *Télé Loisirs* a frissonné d'inquiétude.

– Qu'est-ce qui se passe ?

– Il se passe quoi ?

– Quelqu'un sait-il ce qui se passe ?

– Vous savez ce qui se passe ?

L'ignorance faisait l'unanimité.

Dehors, les champs pelés à perte de vue. Devant, Maud. Impossible de poursuivre le trajet à pied. Les motifs d'inquiétude sont arrivés au galop.

Nous avons tous guetté l'apparition d'un agent SNCF. Moi plus que les autres. J'avais hâte qu'il se pointe, la bouche en cœur, une lueur malicieuse au fond du regard cheminot, pour expliquer qu'il ne fallait pas s'inquiéter, qu'on prenait juste un stoppeur. Que malgré les aléas, on allait peut-être avoir de l'avance à Dijon parce qu'il allait mettre les bouchées doubles, pelle en main, pour bourrer la chaudière de charbon...

L'agent est arrivé. Avec sa chemise blanche tendue sur son ventre proéminent, son costume gris et son gros nez couperosé, il ressemblait à un macareux. Un macareux avec une casquette et une sacoche. En tête de rame, les questions ont fusé. Il a levé les mains, l'air de dire du calme, je vais pas répéter cent fois la même chose, et annoncé d'une voix de stentor que nous avions un sacré pépin.

– En effet, je suis au regret de vous annoncer que nous avons heurté une vache. Oui, une vache. C'est un incident assez rare.

Sans blague ? Bon, un coup d'essuie-glace et on redémarre, où est le problème ?

– Nous sommes tenus d'inspecter le train en détail. Pour des raisons de sécurité. Au cas où certains éléments seraient endommagés.

– Et ça va prendre combien de temps ? est intervenu un costume-cravate. Une estimation du délai, est-ce trop demander à la SNCF ?

L'agent s'est empourpré. J'ai cru qu'il allait lui écraser sa sacoche sur la glotte et lui composter la langue.

– Impossible à dire, monsieur !

– Mais tout de même ! a renchéri une executive woman avec des lunettes dorées en équilibre sur le bout du nez, votre société a un devoir d'information vis-à-vis des usagers qui...

– Que je viens de remplir, avec les éléments dont je dispose ! l'a séchée le macareux dont les yeux s'injectaient de sang.

Moi, j'ai adopté un profil bas. Dans un brouillard sonore, je l'ai entendu qui ajoutait :

– La procédure prend du temps. Je ne suis pas sûr que le train puisse repartir. Je vous tiendrai informés.

Il a remonté l'allée centrale. Les gens ont attendu qu'il franchisse la limite du comté pour se lâcher.

– Quel scandale !

– C'est un peu fort de café !

– Tout est possible, tout est possible... Emmerder le monde, ça c'est possible !

Je me suis recroquevillé dans un recoin sombre de mon âme pour souffler sur la minuscule étincelle d'espoir qui continuait de se consumer. Avec un peu de chance, le retard se révélerait symbolique, le TGV serait comme neuf et Carglass réparerait l'éclat de corne sur le pare-brise...

Une demi-heure plus tard, l'étincelle s'est éteinte. Plus de combustible.

Une vache.

J'étais un maudit des vaches.

À Fonlindrey, au cours de la féria de juillet, juste avant que j'embrasse cette fille que j'aimais sans le savoir encore, elles m'avaient déjà couru après, les vaches.

Mon front s'est plaqué contre la vitre. À l'extérieur, le long du ballast, des agents gris déambulaient. Au milieu de ceux de la vache, ils trouveraient des morceaux de moi, dans le même état.

Les minutes se sont enchaînées aux minutes, enfantant des heures.

Le macareux a réapparu avec une tête à nous informer qu'on était tous contaminés par un virus mortel. Ses prévisions les plus pessimistes se vérifiaient. Les experts avaient constaté une rupture dans les connexions aux terminaux des tampons hydrofuges de collecteurs d'énergie cinétique voiture 2, ou un truc dans le genre.

La SNCF s'excusait du dérangement et allait nous sortir de ce guêpier. Si on repartait sans procéder aux réparations, une partie des rames risquait de se diriger vers Dunkerque, l'autre vers Biarritz. Le retour vers Paris s'effectuerait en car depuis Montbard, mais nous pouvions choisir d'être convoyés jusqu'à Dijon. Arrivée probable prévue entre dix-neuf heures et mardi prochain.

Les employés de la voiture-bar allaient distribuer des bouteilles d'eau. Elles ne seront pas fraîches, faut pas rêver. La SNCF est désolée, vous pouvez me croire. Les passagers qui avaient des correspondances prévues à Dijon pouvaient s'asseoir dessus.

Son regard aurait plu à Paloma, l'amie de Karen. Personne n'a rien dit en sa présence, une fois de plus.

Le départ du contrôleur a lâché les fauves. Un type maigre s'est levé de son siège pour piailler qu'une convention avait été signée au niveau européen obligeant la société à fournir des repas froids aux passagers retenus en otages par l'impéritie des dirigeants. Au moment où un grand-père frémissant de révolte contenue répondait qu'il avait honte de constater que personne ne pensait à la vache, j'ai remis mes écouteurs. J'avais besoin d'écouter *My Immortal*. Amy Lee a noyé la réponse sous sa plainte déchirante.

Pour retrouver la fille qu'on aime, la musique est un train qui ne déraille pas.

En mort clinique

Le récit de mon piteux retour a beaucoup amusé Steve, Karen, Nathalie et Rayah le lundi dans l'arrière-salle du *Coupe-Gorge*.

– T'as pas de bol ! a gloussé mon meilleur ami en massant l'épaule de Nathalie, preuve que leur union avait été officialisée pendant mon absence.

Je me suis réjoui que tant de malheurs puissent engendrer chez eux des joies simples.

Au lycée, l'ambiance n'avait rien d'harmonieux. Planton avait mal supporté notre randonnée Bastille-République et annoncé de sévères mesures de rétorsion en cas de récidive. L'embauche de vigiles paramilitaires colombiens avait même été envisagée par le proviseur. Comme nous nous en doutions, un courrier avait été envoyé aux familles. Le mien avait fini dans une poubelle jaune. Seul Cooper, qui bénéficiait du soutien inconditionnel de ses parents, avait jugé inutile de l'intercepter.

Encouragé par son clan, il envisageait la suite à donner à notre mouvement mais attendait les consignes du CAL. À l'en croire, ils préparaient une action d'éclat.

Pour nous passer l'envie de sécher, les profs s'étaient ligués pour que prolifèrent les DST et autres contrôles surprises. Je demeurais un élève brillant mais cette analyse n'était malheureusement pas partagée par mes profs qui s'appuyaient sur des résultats en chute libre pour établir leur diagnostic erroné. Ces gens-là avaient un don pour rester à la surface des choses ! Dans l'état actuel de la dégringolade, une seule note au-dessus de la moyenne entraînerait un contrôle antidopage. Cet état de grâce ne pourrait durer toujours. Un de ces quatre matins, mes parents allaient être convoqués.

Logan filait un mauvais coton. Il avait troqué ses provocations gratuites contre une léthargie qui se révélait reposante pour son entourage. Les profs, M. Roquemer en tête, y trouvaient sans doute leur compte. Leur bonheur était complet quand il n'était pas là, ce qui arrivait régulièrement. Ils devaient se décharger sur l'administration des suites à donner à ses absences. On ne savait pas à quoi il occupait ces heures volées, il ne parlait à personne, pas même à ceux qui avaient au début constitué sa petite cour privée.

En classe, je passais donc le temps avec, chevillé au corps, l'espoir d'attraper des connaissances nosocomiales. La motivation n'était pas maximale. J'avais Maud en fond d'écran.

Seul épisode plaisant, nous avons procédé le mardi à l'élection des délégués de classe. M. Stavros a endossé avec solennité le rôle d'observateur de l'ONU. Steve s'est présenté. Il avait autant de chances d'être élu que Lilian Thuram d'être nommé ambassadeur du Ku Klux Klan. Au dépouillement, il a obtenu quatre voix.

Il a remercié plus tard son comité de soutien en nous offrant à Karen, Nathalie et moi, un café au *Coupe-Gorge*. Rayah avait gagné haut la main. Un bon choix. Elle inspirait du respect et même de la crainte au corps enseignant. Elle se rapprochait de jour en jour de la bande que nous formions, prudemment. Nous étions heureux de compter une personnalité parmi nous.

Quand je suis rentré chez moi ce soir-là, j'ai ressenti un nouveau coup de blues d'anthologie. Résultats scolaires en berne, Maud avalée par un trou noir, mon portable au mont-de-piété, toutes ces vaches dehors qui n'attendaient qu'une occasion pour me faire la peau... J'aurais eu besoin de m'allonger sur des draps propres et de manger une pizza devant un DVD crétin. Ma clé s'est introduite sans enthousiasme dans la serrure.

J'ai poussé la palissade et pénétré sur le chantier.

On aurait dit que Jason Bourne était venu faire le ménage.

Andrzej était juché sur un escabeau et tenait dans les saucisses de Strasbourg qui lui tenaient lieu de doigts un petit pinceau avec lequel il chatouillait un mur fraîchement monté. Un yokozuna aquarelliste.

– Bonsoil monsieur Gaspal ! m'a-t-il lancé d'une voix fluette.

– Bonsoir tout le monde ! ai-je répondu.

Dans un coin, Tomasz balayait les plastiques de protection sous le regard détaché de Jacek au téléphone. Tous deux m'ont salué d'un coup de menton jovial.

– Nous pas possible de poursuivre comme ça, monsieur Siman ! crachait Jacek dans le micro. Le client pas content pour le retard, et nous pas avancer. Il manque peinture, plinthes, enduit et votre électricien pas venu. Et nous pas payés !

Il a écouté longuement la réponse tandis que Waclaw surgissait du couloir qui mène à la salle de bains. Je suis allé voir. Des carreaux s'élevaient à mi-hauteur des murs. Des cartons d'emballage éventrés et des taches de colle ajoutaient une touche cosy à l'ensemble.

– Vous va bien monsieur Gaspal ?

Andrzej me souriait. Son ventre énorme testait les coutures de son tee-shirt Castorama. J'ai dit comme ci comme ça.

– Monsieur Andrzej vient de Bizkupin, un village près de Poznan, m'a confié maman que je n'avais pas entendue approcher.

Elle avait posé sa main sur mon épaule. J'ai écrasé un baiser sur sa joue. Elle avait les yeux cernés. L'épreuve que nous traversions ne l'empêchait pas de se montrer avec nos hôtes d'une courtoisie irréprochable. Si mon père n'avait pas mis le holà, elle aurait nettoyé leurs outils et repassé leurs salopettes.

– Nous avons eu le temps de discuter un peu… a-t-elle repris.

– Tu étais où ?

– Dans notre chambre. Enfin, chambre…

Un pauvre sourire a éclairé le bas de son visage.

– Tu es rentrée plus tôt ?

– Oui. J'avais hâte de retrouver mon chez-moi douillet.

– Pareil que moi.

Jacek a interrompu notre conversation.

– Nous problèmes avec monsieur Siman. Il faudrait que votre mari appelle.

– Je crois qu'il essaie. Mais c'est un homme fuyant d'après ce que je sais.

Jacek a grimacé. Manifestement, il était assez d'accord.

– Je peux vous offrir une bière ? Ou autre chose ?

– Avec plaisir madame, a répondu Jacek au nom de tous les siens.

Maman s'est absentée un instant, puis elle est revenue avec un pack de 1664 et une bouteille de jus d'orange. Elle a distribué des verres en plastique.

– Elles ne sont pas fraîches, je suis navrée.

Encore deux mois de patience et nous pourrions les faire refroidir sur le balcon en attendant le branchement du frigidaire.

Nous avons papoté assis en rond sur des tabourets, puis ils ont annoncé qu'ils prenaient congé. Jacek était désolé pour l'avancement au ralenti du chantier.

– Je vous dis franchement, madame, nous pas sûrs d'être là lundi. Si monsieur Siman nous pas payer, je devoir prendre un autre chantier pour donner de l'argent à mes ouvriers.

– Je transmettrai le message, a promis maman en lui serrant la main.

Quand papa est arrivé, quelques minutes après, il a marqué un temps d'arrêt dans l'entrée et balayé du regard le spectacle qu'offrait notre cocon. Maman passait un chiffon symbolique sur l'assise des tabourets. Moi, j'étais assis en tailleur sur une bâche, éclairé par l'ampoule nue qui se balançait au plafond. J'ai cru qu'il hésitait à me lancer une pièce.

Il a dit :

– Je reviens.

Et il est sorti.

Au bout d'une grosse demi-heure, maman a reçu un appel sur son portable

– Ton père nous demande de descendre.

– De descendre qui ? Siman ?

– Non, descendre tout court.

Journal

J'ai un peu raté mon DST de SVT.

J'ai découvert un trou dans le chemisier que je viens d'acheter.

Mado est sortie avec Malo. Avec lui, elle tournera en rond. Entre eux, il y a une aile de différence.

Demain, je vais voir Renan Luce en concert.

Lucas me drague. Il peut toujours draguer tant qu'il veut, il ne trouvera rien au fond.

Gaspard, je te déteste.

Hier soir, j'ai dormi nue. J'ai eu froid.

J'entends les parents qui s'engueulent derrière la porte.

À la bibliothèque, je suis allée rendre deux bouquins que je n'ai pas lus.

La prof d'anglais est enceinte, on ne la reverra plus cette année.

La prof de français nous a suggéré de lire Gaspard de la nuit. *« Vous en faites une drôle de tête, Maud ! » m'a-t-elle lancé ensuite.*

Je me couche de plus en plus tard.

Jean-Luc organise une soirée pour son anniversaire. Je n'ai pas encore donné ma réponse.

Voilà ma vie. Une liste de données brutes que je n'arrive plus à relier entre elles.

N'y pense plus, me dit Mado.

Comment fait-on pour ne plus penser à ce qui envahit vos pensées ?

Au square du Père-Galant

Il nous attendait dans la valeureuse Ford Escort qui avait survécu aux vacances à Fonlindrey. J'ai ressenti un pincement au cœur, là où Maud habitait. Cette voiture nous avait réunis par la grâce de son joint de culasse défectueux. Papa avait-il l'intention de bousiller le moteur pour me ramener auprès d'elle ?

Non. Il a rejoint le centre et s'est garé derrière le quai de la Mégisserie. Pendant le trajet, il avait refusé de nous révéler la teneur de son projet. Il a simplement sorti un gros panier du coffre et s'est enfoncé dans la nuit, tirant sa famille au bout d'une chaîne de silence.

Nous avons débouché sur les quais, près d'une minuscule animalerie, *Au paradis des animaux*, qui ne semblait pas tenir les promesses de son nom. J'en ai eu la confirmation en passant devant le rideau de fer ;

une perruche a crié : « Paradis des animaux ! Paradis des arnaqueurs, oui ! Ça m'apprendra à acheter sur plans ! » J'ai glissé à son intention sous le rideau la carte de Cooper.

Cooper Lafosse
Jeune en colère
21 bd de la Révolution
75012 Paris

Devis gratuit pour une manif clés en main.
Profitez de nos promotions!
En ce moment, conditions particulières sur les fumigènes en vrac, les banderoles lavables, les casques intégraux et le quintal de citron!
Et pour deux pavés achetés, un troisième est offert!

Réductions supplémentaires réservées aux perruches sur présentation de leur carte professionnelle.

Le long du fleuve, les boîtes fermées des bouquinistes exposaient des tags qui n'étaient pas à vendre. En face, la Conciergerie pleins phares. Nous avons rejoint l'île de la Cité par le pont Neuf, dévalé les escaliers après avoir contourné la statue d'Henri IV cernée d'une grille où plus d'un pigeon presbyte s'était déjà piqué le croupion.

– Tu as prévu un tour en bateau-mouche ? ai-je questionné.

Mutisme obtus.

Nous avons longé le muret d'enceinte du square du Vert-Galant sur un chemin pavé à l'ancienne, sommes passés sous les frondaisons d'un saule inconsolable pour atteindre l'extrémité de l'île. À notre arrivée, un couple s'en allait, libérant opportunément la place.

– On va se mettre là, a dit mon père. Ça vous va ?

Nous nous trouvions à la proue de l'île. À deux pas clapotait l'eau marron de la Seine. Je me suis accroupi. Sur les grosses pierres du bord, des spéciales dédicaces illisibles achevaient de disparaître dans la mémoire des hommes. J'ai sorti mon stylo. Le prénom de Maud était dilué dans l'encre.

– Tu marques quoi ? a demandé mon père.

– « À mon papa pour la vie. »

– À papa, il y a deux p.

– Au début ?

– Et moi ? s'est révoltée ma mère.

– Je rajoute « À ma maman aussi ». Ça te va ?

Mon père a cueilli une nappe à carreaux posée sur le panier, l'a dépliée à même le sol en un tournemain et a posé dessus trois assiettes en porcelaine, des couverts, des verres à pied, une bouteille de Badoit, du pain Poilâne, une bouteille de Château Clos du Notaire 81, des terrines odoriférantes, des rillettes de canard, du foie gras, quelques crottins de Chavignol frais.

Comble du chic, il a sorti du fond du panier un coussin plat qu'il a tendu à maman.

– Assieds-toi là, si tu veux !

– Et moi ? ai-je protesté, outré par la différence de traitement.

– Tu as amené tes fesses ?

– Faut que je vérifie.

Maman, indifférente, s'est installée.

– Comme c'est romantique ! a-t-elle déclaré.

– N'est-ce pas ? a dit papa content de son effet. Dommage que Gaspard soit là !

Il a débouché sa bouteille de vin, nous a tendu des verres et commencé à les remplir.

Devant nous, la dentelle de la passerelle des Arts remplaçait l'horizon. Les arches dessinaient de profil un ricochet figé dans l'acier. Le ciel prenait des teintes d'un bleu profond strié de rides rougeoyantes. La passerelle s'est illuminée d'un coup, répandant sur la Seine des centaines de lucioles flottantes.

Du square nous est parvenu un refrain de guitare. L'air était doux.

– On est mieux là que chez nous, non ? a dit papa en préparant une tartine de rillettes. Ici, les travaux sont achevés !

Nous avons fait honneur à la nappe. L'ambiance étant à la confession, maman nous a avoué les difficultés qu'elle rencontrait à l'hôpital et papa nous a fait rire avec les coulisses de ses cuisines. Quand mon tour est arrivé, j'ai craint que le climat ne se détériore. Si on pouvait éviter d'aborder l'univers du lycée, je ne vous cache pas que ça m'arrangerait. Ils ont entendu ma supplique muette.

– Tu en es où avec ta copine ? a demandé maman en braquant son regard vers l'horizon lointain.

Je le savais, si on évite le scolaire, on tombe automatiquement dans l'intime. Mais le bordeaux aidant, j'étais mûr pour l'épanchement.

– Nulle part.

– Elle ne donne pas de nouvelles ? s'est insurgé papa.

– Ce n'est pas à elle de le faire ! a objecté maman.

Impeccable ! Ils n'avaient plus besoin de moi. À la limite, je gênais. Un peu vexé, j'ai repris la main.

– Des nouvelles, j'ai du mal à en donner. Plus de portable, plus de fixe, plus d'Internet. Il faut remonter à l'époque du pliocène pour trouver des Corbin aussi démunis. Sans parler des grèves sauvages à la SNCF et des essaims de vaches qui attaquent mon TGV.

– Les filles, ça se mérite ! a déclaré mon père.

Maman a levé les yeux au ciel, l'air de dire si je te racontais quand je l'ai connu !

– C'est vrai, a-t-il insisté. Ce qui est trop facile n'a pas de valeur.

J'ai observé mon père en détail. D'où tenait-il donc cette assurance de grand séducteur ?

– Tu ne m'as pas tout dit sur ta vie d'avant, maman ! ai-je hasardé.

– Avant moi, ton père n'était qu'un petit boutonneux effrayé, a dit ma mère l'Objective en tendant son verre pour qu'il se remplisse comme par magie. Apprends que les femmes aiment se faire désirer...

J'étais déjà au courant.

– ... qu'elles aiment être surprises...

J'avais aussi coché la case.

– ... bousculées...

Y a encore la trace du surligneur.

– ... et rassurées.

...

Qu'est-ce qui chez moi aurait pu inquiéter Maud ? À part le fait que je suis moi ?

Un tintement harmonieux m'a tiré de la méditation dans laquelle sa phrase m'avait plongé. Mes parents trinquaient les yeux dans les yeux.

– Merci pour ce repas, chéri ! a minaudé maman.

Leurs silhouettes se découpaient sur les façades majestueuses du Louvre. J'ai sorti mon violon tzigane et tricoté de l'archet en virtuose, mais maman a vite rompu le charme.

– Avant que j'oublie, chéri ! Tu dois rappeler Siman !

Le visage de papa s'est fripé.

– Je vais finir par le tuer celui-là ! J'ai bien envie de tout arrêter et de confier l'exécution du chantier à quelqu'un d'autre.

Nous avons attendu la suite. Tel que je connaissais mon père, pour lancer une telle suggestion, il avait étudié de près le problème et contacté en amont des dizaines d'entrepreneurs capables, pour un prix inférieur aux prévisions de départ, d'achever des travaux commencés par un autre.

Il a secoué la tête. Nous étions suspendus à ses lèvres.

– Mais je ne vois pas qui !

Celui dont on n'espère rien ne nous déçoit jamais.

– Ces ouvriers polonais sont très sympathiques en attendant ! a repris maman sans en tenir compte.

Son sourire se diffusait sur un visage que la fatigue de la semaine avait fui. Ce Paris offert, l'euphorie puisée dans le vin et cette capacité à tapisser de coton les pièges du quotidien que j'admirais tellement chez elle avaient fait leur œuvre.

– ... Et puis, il se terminera bien un jour ce chantier !

– Je lève mon verre à ta sagesse ! a répliqué mon père qui cherchait un prétexte pour le vider.

Il a tourné la tête vers moi et ajouté, sérieux :

– ... Et à ton bac français !

Pourtant, personne ne l'avait invité !

Un Thug providentiel

Il était neuf heures le lendemain quand la sonnette de la porte d'entrée m'a tiré du sommeil. Comme d'habitude, j'ai eu du mal à sortir de mon duvet, un peu comme une jambe cassée qui se tortillerait pour se débarrasser de son plâtre. On a frappé à ma porte quelques instants plus tard.

– Gaspard ! Une surprise pour toi ! a dit maman.

J'ai ouvert, en caleçon de gala, pour me retrouver nez à nez avec deux têtes connues.

– Qu'est-ce que vous foutez là ?

– T'as le sens de l'accueil, dis donc !

C'étaient Thomas et Marco, mes potes de vacances ! Le premier était le chanteur des Thugs, formation culte dans le périmètre des communes limitrophes de Fonlindrey, dont le succès se mesurait au fait qu'en concert il y avait un tout petit peu moins de monde sur scène que dans la salle.

Marco, lui, était le frère d'un décorateur d'intérieur, spécialiste des lais de travers.

Thomas, maigre comme un clou et visage émacié, avait laissé pousser ses cheveux. Marco venait de s'acheter une tondeuse et il était droitier, aucun doute là-dessus !

– Ce que je suis content de vous voir !

Je leur ai offert un Van Houten. Ils avaient apporté les croissants. On s'est installés sur la bâche.

– Y a encore à faire ici ! a jugé Marco en scannant l'endroit d'un œil expert.

– Ils finissent lundi matin.

– Ils viennent à mille ?

– Non, à quatre.

– Ce sera juste.

Décidément, les avis étaient unanimes.

– Alors, qu'est-ce qui vous amène ?

– Je suis à l'école Boulle, place de la Nation, a répondu Thomas. En formation d'ébéniste.

– Juste à côté de mon bahut ! Et ton groupe ?

– Je descends chaque semaine, j'ai trois jours en comptant le week-end. Je retrouve Vitas et les autres et on répète !

– Et toi Marco ?

– Je bosse avec mon frère Armand. Marre des études. On refait des apparts !

– Où ça ?

– Partout où il y a du boulot. De préférence sur Dijon, mais on est open !

Mon père avait dû nous placer sur écoute, car il a surgi comme un diable, le visage extatique.

– Et vous êtes libres en ce moment ?

En une heure, l'affaire était dans le sac. Armand Bossuet se présenterait mardi à la tête d'une équipe de choc composée de son petit frère et de trois acolytes. Thomas s'est proposé pour donner un coup de main après ses cours, il avait besoin de changer d'ampli. Papa, que maman avait informé du discours alarmant tenu la veille par Jacek, n'a pas eu d'états d'âme. Il a passé un moment au téléphone avec M. Siman. Tout s'est arrangé entre gentlemen (« Vous n'êtes qu'un escroc doublé d'un menteur, je ne veux plus jamais vous voir ici ! Oui, je vous paierai le travail accompli, mais je vous garantis que je vais scruter le devis à la loupe ! »). Il a prévenu Jacek dans la foulée, par correction. Les Polonais passeraient récupérer leur matériel le lundi.

Marco a ausculté le chantier. Le gros œuvre était achevé, la plomberie et l'électricité en passe de l'être. Il restait surtout de la peinture. Et donc de l'enduit. Et donc du ponçage. Ne nous précipitons pas pour ranger le Pliz. Il a pris congé, direction son fournisseur. J'ai emmené Thomas boire un coup.

Nous avons échangé nos devoirs sur la table du bistrot. « En trois paragraphes, résumez votre rentrée. » Puis nous sommes passés aux choses sérieuses.

– Et sinon, tu as des nouvelles de la bande de Fonlindrey ?

– Je vois souvent Vitas. Il redouble sa première.

– Et les autres ?

Thomas a souri. Je parie qu'il s'est dit : « Ce crevard veut savoir si tu as revu Maud mais jamais il ne te le demandera directement ! » Il n'avait pas tort.

– J'ai croisé Maud l'autre jour.

Il a avalé une gorgée de Coca à la lenteur de la lumière. Un tortionnaire de la pire espèce. J'ai tenu bon. Deux secondes.

– Et ?

Ses traits ont marqué l'embarras quand il a répondu :

– Qu'est-ce que tu lui as fait ?

– Elle t'a parlé de moi ?

Je savais depuis le CP qu'une question n'est pas la réponse à une question mais il m'avait pris de court. Thomas a répondu à ma question par une réponse. Sans doute avait-il redoublé le CP.

– Je n'étais pas censé savoir qu'il y avait de l'eau dans le gaz ! Je lui ai demandé si elle était toujours en contact avec toi et là, elle m'a fusillé du regard !

– Quoi ?

– Elle a dit : « Ne me parle plus de ce salaud ! Je l'ai effacé de ma mémoire ! »

Il ne s'agissait pas du même moi, ce n'était pas possible !

– Mais qu'est-ce que je lui ai fait ?

– C'est précisément la question que je t'ai posée tout à l'heure. Comment veux-tu que moi je le sache si toi tu n'en sais rien ?

J'étais sonné, KO assis. Le silence prolongé de Maud était depuis un moment source de rage et d'inquiétude, mais de là à imaginer qu'elle me vouait une haine féroce, il y avait un pas que je n'avais jamais pensé devoir franchir. Franchir ce pas, c'était tomber dans le vide. Devant Thomas, je tombais.

– Ça ne va pas ? s'est-il inquiété.

– Tu veux dire, à part que je loge dans le squat de Terminator, que la fille que j'aime a fait une croix sur moi, que je ne peux même pas la joindre, qu'au prochain contrôle d'espagnol je vais me crasher et que mes potes pensent que je suis une ordure ? Non, ça va.

J'ai balancé de la monnaie sur la table et nous sommes sortis. Thomas hésitait sur la conduite à tenir. Ma réaction l'avait décontenancé. Il aimait beaucoup Maud et l'idée que j'aie pu jouer avec ses sentiments lui inspirait des reproches qu'il n'arrivait plus à m'adresser.

– Je te jure que je ne comprends rien à cette histoire ! ai-je insisté. Je suis fou de Maud, j'ai essayé un milliard de fois de l'appeler. Elle ne répond pas. Sa mère me jette quand j'appelle sur le fixe. Mes SMS tournent en orbite sur Internet. J'ai voulu deux fois la cueillir par surprise à Dijon mais une étrange coalition de contrôleurs SNCF et de vaches suicidaires m'en ont empêché, je te raconterai. Je ne sais plus quoi faire. Quand je t'ai demandé de ses nouvelles, je croyais que tu allais me dire qu'elle avait quelqu'un d'autre. Elle a quelqu'un d'autre ?

Il a hésité. Devant mon regard implorant, ses réticences ont cédé.

– Il me semble qu'elle est sortie avec Frédéric, un soir.

– Frédéric ? Le Bachelor ?

Il a opiné. Nous parlions de la même face de bellâtre sirupeux, aussi sexy qu'une pub pour une pommade anti-mycose des pieds, grand donneur de leçons devant l'Éternel. Steve avait donc bien senti le truc ! Je n'en revenais pas. Avec le gigolo dans le paysage, non seulement ma blessure d'amour s'élargissait, mais en plus je saignais de l'orgueil. Thomas a posé sa main sur mon épaule.

– Je ne sais pas s'il s'est passé quelque chose, ne t'affole pas !

– Tu crois qu'ils ont fait un Uno ? À d'autres !

Il s'est alors planté devant moi, l'air contrarié :

– Si tu tiens tant que ça à Maud, pourquoi tu lui as envoyé un SMS de rupture ?

Journal

Il me manque tellement !
Mais ça ne durera pas toujours.

Vengeance !

– Tiens ! Tu t'es habillé en noir aujourd'hui ?
– Oui, m'a dit Steve, ça change un peu.
– On t'a amputé de Nathalie ce week-end ?
– Pourquoi ?
– Elle ne pend pas au bout de ton bras.
Karen a ricané derrière nous dans le rang. Je me suis retourné. Elle portait ce matin-là une sorte de doudoune jaune sur un pantalon de survêtement brillant. Dans ses cheveux, elle avait noué un bandeau qui lui dégageait le front.
– T'as été recrutée par Lady Gaga ? lui ai-je demandé.
Cette fois, c'est Steve qui a henni.
– Tu m'as l'air en forme, a-t-elle répondu sans s'agacer. Tu as reçu des nouvelles de ta copine ?

J'ai cherché de la perfidie au fond de son regard, je n'ai trouvé qu'une ironie désinvolte. Elle m'avait mouché, troquant sa jolie langue contre une queue de scorpion.

– Indirectement, oui.

– Moi, Nathalie, elle me plaît grave, a dit Steve Verlaine. Tu te rends compte, on est ensemble depuis une semaine !

– Ses parents refusent toujours de payer la rançon ?

Il a haussé les épaules.

– Jaloux !

Il avait raison. J'étais dans une de ces journées où le bonheur des autres vous gratte.

– Le jour où j'arrêterai de vous chambrer, j'aurai cessé de vous aimer.

Les accents de sincérité qu'ils ont perçus dans ma voix les ont retournés comme des crêpes. Avant que nous ne fondions en larmes dans les bras les uns des autres, nous avons aperçu Mme Schmidt qui nous rameutait en nous faisant Olà ! avec le bras.

Je me suis calé dans la roue de Logan. En classe, je me suis installé à la table derrière la sienne. J'étais ainsi bien placé pour lui planter un couteau dans le dos.

Juste retour des choses.

Le dimanche j'avais ruminé les paroles de Thomas et j'en étais arrivé à la conclusion que mon portable n'était pas tombé entre les mains d'un innocent. Du soupçon, petit à petit, j'étais passé à la certitude. Je n'avais pas d'autre ennemi que Logan.

Pendant que la prof nous apprenait des phrases essentielles, de quoi nous débrouiller plus tard à la descente de l'avion sur l'aéroport de Bogotá (« Non, je ne cherche pas de drogue », ou « Vous commettez une erreur, ma famille n'a pas les moyens de payer »), j'ai étudié l'adversaire. Son sac reposait à ses pieds. Il était défoncé, et ce n'étaient pas les livres de cours qui avaient détérioré les fermetures éclair. Au lycée, Logan voyageait léger ; une brosse à dents, une barrette de shit et un Red Bull pour la soif. Les cahiers étaient optionnels.

Un objet qui y ressemblait dépassait du sac. Je me suis penché pour l'étudier de près.

C'était son agenda.

À la cantine, nous avons reconstitué la cellule dormante en compagnie de Rayah, de Nathalie, qui était arrivée en retard, et de Cooper qui essayait de se laisser pousser la barbe au cas où ses menées subversives le conduiraient à basculer dans la clandestinité.

Le repas qu'on nous a servi fleurait bon la récession. Dans l'assiette, la viande du jour avait déjà été mangée par quelqu'un d'autre, et les légumes étaient tellement petits qu'il aurait fallu envoyer un drone pour les localiser. Cooper, qui privilégiait les nourritures intellectuelles, nous a branchés sur ses projets terroristes.

Les avertissements du principal, que Nathalie s'est bornée à lui rappeler civilement au sortir de l'assiette de chou rouge, ont eu sur lui des conséquences mesurées.

– Planton, on l'emmerde ! J'ai contacté mes homologues dans les autres bahuts, et tout le monde est d'accord pour remettre le couvert vendredi à l'occasion de la nouvelle manif syndicale. Battons le fer tant qu'il est chaud. Si on veut que le gouvernement plie, il faut continuer à donner des coups de marteau ! Je sais qu'il y a eu des débordements, que des types sont venus péter des vitrines...

– Et des gueules ! a complété Steve qui avait la mémoire des gnons.

– ... Ouais, un peu. Mais ce qui me tue, c'est que les journaux n'ont parlé que de ça ! Notre lutte est passée à la trappe. Pourtant, on était super nombreux ! Une seule solution, l'être encore plus vendredi ! Vous en serez ?

– Qu'est-ce que vous avez prévu concernant les types qui cassent les gueules... et un peu les vitrines ? s'est renseigné Steve.

– Les mecs de la CGT veilleront au grain. L'autre fois, ils avaient reçu des consignes de modération. Y aura aussi plus de flics.

– Super ! s'est exclamée Karen. On se fera taper deux fois !

– On restera groupés.

– Tous en garde à vue.

Cooper a poussé un phénoménal soupir de lassitude et a fixé l'auteur de cette dernière saillie. J'ai soutenu son regard, en grimaçant un sourire contrit.

– Alors, je peux compter sur vous ?

– Pas de problème ! a hurlé la Ligue des Comploteurs Masqués.

Cooper s'est levé en laissant tremper son écharpe dans son reste de Boursin, fournissant une explication que personne ne lui avait demandée :

– Je dois secouer un peu les terminales. Avec leur bac, ceux-là, ils commencent à me gonfler !

Pour fêter son départ, on a enlevé la languette de nos compotes et commencé à laper le contenu. Sur cette consécration culinaire, notre groupe s'est séparé. Steve et Nathalie se sont précipités pour réviser leurs cours de langues dans un coin discret du foyer, Rayah a filé au CDI et Karen devait rejoindre Paloma avec qui elle préparait un exposé sur les groupes sataniques. Je me suis retrouvé seul. C'est ce que je voulais.

Près du gymnase, je connaissais un renfoncement discret. Je m'y suis rendu et j'ai sorti de mon sac l'agenda que j'avais subtilisé à Logan en feignant de ramasser mon stylo. Endormi derrière ses cheveux, il n'avait rien remarqué.

Je ne sais pas où il avait traîné, mais il était particulièrement peu soigné. Je l'ai ouvert.

Du noir. Des dessins, au fusain ou au crayon gras, je ne suis pas un spécialiste, peut-être même à l'encre. Des silhouettes en capes sombres, des visages caves. Partout les yeux remplacés par des trous, comme des vivants dont le squelette cherche à percer en surface. Un frisson m'a parcouru les bras.

Et, labourés par des ratures, des morceaux de poèmes tracés d'une écriture hachée en travers des jours vides.

Je marche en danseuse
Sur un fil à couper l'horizon
Avec au bout des bras
Des vertiges qui m'équilibrent

Tu flottes en surface de mon sang
Petite noyée
Prends mon souffle, un peu de mon souffle
Il ne me sert à rien
Qu'à crier ce que personne n'entend

Plus loin, mi-septembre, mais les repères chronologiques avaient-ils de l'importance ?

On m'a volé ma mort
Fauchée en route
C'est comme le paradis
Il faut changer de cercueil

Perdre d'autres feuilles
Perdre un temps qui n'est plus le mien
Mais le tien pour toujours

On m'a volé ma mort
Mais pas longtemps
Je dois saisir
Ma seconde chance
Ne pas lâcher ta main
Cette fois.

Un malaise m'a saisi. J'ai failli refermer, déposer l'agenda quelque part, à charge pour un autre de le rendre à son propriétaire. Mais j'ai continué à tourner les pages. Pour tomber sur une liste, début octobre, une playlist en fait. En dessous, il avait ajouté : respecter l'ordre.

Église
Katie Melua Just Like Heaven
Ray LaMontagne Empty
Nelly Furtado All Good Things
Thea Gilmore Throwing In
Missy Higgins Warm Whispers
A Girl Called Eddy Somebody Hurt You

Certaines références m'étaient inconnues, d'autres comptaient parmi mes morceaux préférés. Elles avaient en commun de ne pas déborder de gaieté.

Je n'ai trouvé nulle part mention de ma personne. Que croyais-je ? Qu'au jour de la manif, Logan aurait écrit : volé portable de Gaspard pour envoyer SMS piégé à sa copine ?

J'ai refermé avec lenteur cet agenda. Je ne savais plus quoi en faire.

A girl called Karen

Le frère de Marco avait respecté sa parole. Dès le mardi matin, sept heures, flanqué de son équipe, il s'était présenté au domicile des Corbin, ses nouveaux patrons. Les trois compères qui le secondaient, Francis, Jean-Phi et Madjid, avaient une petite trentaine et ils crachaient dans leurs mains depuis déjà dix ans. Rien qu'à observer la montée en puissance de cette équipe, mon père avait repris vingt kilos. Les deux jours suivants ayant entraîné des changements visibles, il avait gagné vingt centimètres. L'équipe avait même promis de terminer la chambre parentale en une dizaine de jours, ce qui avait arraché à maman un cri de victoire car elle ne supportait plus de dormir dans une pièce sans rideaux. Elle allait pouvoir mettre mon père sur le coup.

Au lycée, la manif se préparait doucement, dans le secret des AG clandestines. Les profs continuaient à penser qu'on s'intéressait à leurs cours.

En français, nous avions écopé d'un commentaire composé sur un passage de *L'Attrape-cœurs*. S'il avait pu lui être donné de lire à l'avance les réflexions qu'il susciterait, je ne suis pas convaincue que Salinger y aurait trouvé la motivation pour finir son roman, voilà ce que la prof me dirait dans quelques jours. Une fois qu'on sait qu'il est génial, les ajouts ne sont-ils pas de trop ? C'était mon point de vue, et j'entendais que l'institution le respectât.

Logan avait passé sa journée du mardi à dévisager l'ensemble des élèves de la classe, s'attardant lourdement sur mon profil régulier. J'étais parvenu avant la première heure à remettre son agenda en place sans qu'il remarque rien. Je n'avais pas réussi à le convaincre qu'il n'avait jamais disparu, surtout sans essayer. Nous n'avions pas échangé une seule parole depuis le tournage d'*Il faut sauver le soldat Logan*.

Jeudi soir, pendant le repas, j'ai connu une alerte parentale. Ma vigilance avait dû se relâcher parce que je n'ai pas vu le coup venir.

– Vous en êtes où, de ces histoires de grève au lycée ? a demandé papa en se tournant vers moi.

Les travaux avaient occupé leurs pensées à plein temps, mais comme ils menaçaient de s'achever, ils avaient à cœur d'endosser à nouveau leurs costumes d'éducateurs. Au plus mauvais moment.

– C'est-à-dire ? (Gagner du temps pour préparer une riposte intelligente.)

– Vous avez fait grève ?

– Un peu. (Pas réussi à gagner assez de temps.)

– Comment ça, un peu ? Vous faites grève ou vous ne faites pas grève. Personne ne fait *un peu* grève.

– On a fait grève.

– Toi aussi ? a demandé maman.

– Oui, j'étais dans le on.

Mon père a secoué la tête si longtemps qu'on a failli appeler un médecin. Au bout de son raisonnement, il a retrouvé l'usage de la parole.

– D'une certaine façon, c'est bien. Dans la vie, il faut se battre pour changer ce qui nous semble injuste.

J'ai senti qu'il allait y avoir un autre côté...

– D'un autre côté, tu as le bac français en juin...

– Et si je trouve le bac français injuste, je peux me battre pour le changer en faisant grève ?

– Faut toujours que tu fasses le malin ! a dit maman. Pour ça, tu tiens de ton père !

Diversion bénie qui m'a ouvert les perspectives d'une conversation de délestage. Papa s'est renfrogné. Mais il n'a pas lâché le morceau.

– Je préférerais que tu fasses la grève parcimonieusement.

– Une heure sur deux ?

– Non. Tu as été gréviste une journée, maintenant tu arrêtes.

– Et le combat contre l'injustice ?

Je l'avais coincé dans le coin du ring. Son réflexe était prévisible, il a remonté sa garde et travaillé ses esquives.

– Par ailleurs, il n'est pas question que tu participes aux manifestations !

On abordait un point crucial. Parce qu'il n'était pas question que je rate les manifestations. En tout cas la prochaine. La situation de blocage type.

– La dernière fois, des jeunes se sont fait agresser, l'a soutenu ma mère. On ne sait pas ce qui peut arriver, un mouvement de foule, une charge des CRS...

– Les policiers sont supposés protéger les manifestants des charges, il me semble.

– Il me semble à moi que tu n'entends pas ce que je te dis, s'est énervé papa. Je t'interdis de participer à quelque manifestation que ce soit !

– Même si c'est une manifestation anti-manifestation ?

J'ai quitté la table avant de la recevoir sur la tête et j'ai filé dans ma chambre. Plus tard, après avoir, tel le crotale rusé, remué un paquet de copies doubles vierges pour donner au salon l'illusion que j'apprenais mon espagnol, j'ai ouvert mon duvet à la scie sauteuse et je me suis glissé dedans. J'ai pensé avec émotion à mes parents, là, de l'autre côté de la cloison, si rassurés de pouvoir placer en moi une confiance aveugle. Au retour de la précédente manifestation, j'avais déjà dû, pour expliquer la grosseur inhabituelle de mes lèvres, leur servir une fable à dormir debout (je m'étais vautré dans les escaliers). Bientôt, j'allais mentir une deuxième fois.

Je me suis endormi, rongé par l'acide de la mauvaise conscience l'espace d'une courte seconde.

N'avaient-ils pas, eux aussi, été jeunes ?

– Est-ce que tu connais Thea Gilmore ?

Karen a tourné la tête vers moi.

– Oui, a-t-elle répondu distraitement.

– Et un groupe qui s'appelle A Girl Called Eddy ?

Je me suis figé. Il est passé dans son regard une lueur de méfiance teintée d'un zeste d'irritation.

– Aussi. Qui t'en a parlé ?

– Personne, du calme !

Son visage s'est fermé.

Nous étions boulevard du Temple et nous nous apprêtions à pénétrer sur la place de la République. La sono reprenait le refrain : Le premier contrat... Pour du beurre !

Plus tôt dans la matinée, nous avions déserté le lycée en hordes vociférantes emmenées par un général Hannibal Cooper monté sur un éléphant de combat. Il avait graissé son mégaphone, trempé son écharpe Yasser Arafat dans une solution mixte citron-pamplemousse et légèrement bousculé un pion qui, dans une bouffée délirante d'excès de zèle, avait eu la mauvaise idée de lui barrer les portes du lycée, à lui et à la centaine d'excités qui poussaient derrière.

À l'heure qu'il était, ce martyr entamait une carrière de décalcomanie sous une semelle de terminale.

Le général menait l'assaut en tête de cortège et se cassait la voix pour renverser le gouvernement.

Nous suivions.

Steve marchait devant nous, toujours menotté à Nathalie. Le voir enamouré réchauffait mon cœur froid. Rayah gravitait entre la tête de pont et nous, impliquée comme jamais. Peut-être fomentait-elle un coup d'État pour remplacer Cooper. Comme la fois précédente, Logan avait intégré le service d'ordre. Avec ses petits bras fluets, il ne servirait pas à grand-chose en cas d'attaque. Encore que, montés au front, les teigneux réservent des surprises.

La sécurité du cortège ne reposait pas entièrement sur ses épaules, heureusement. La CGT avait recruté des quadras/quinquas qui en imposaient avec leurs bras comme des cuisses d'haltérophiles et leurs cous taurins. La plupart portaient des blousons gonflés à l'hélium et des bonnets de commando. Ils nous couvaient comme des poussins duveteux qu'un coup de vent suffirait à enrhumer.

Avant de sortir de chez elle, Karen avait retrouvé une vieille réserve de gel et décidé de finir les flacons. Ses cheveux pointaient vers le ciel comme une perruque taillée dans un cadavre de porc-épic. Une robe noire, sur laquelle elle avait enfilé un blouson en jean, s'arrêtait au-dessus de ses genoux. Du noir à lèvres égayait l'ensemble.

Alors que nous nous retrouvions au pied du lion en bronze, je sentais encore le vert de ses yeux me marquer au fer rouge. Elle est revenue à la charge.

– Qui t'a parlé de A Girl Called Eddy ?

– Ils sont passés aux *Années bonheur* de Patrick Sébastien.

– Arrête, Gaspard, je ne déconne pas !

– Mais qu'est-ce qui te prend ?

Des éclairs sont partis de ses yeux pour me pulvériser. Rayah, qui n'était pas loin, est arrivée à point nommé.

– La télé est là. Cooper va essayer de se faire interviewer.

Plantant Karen avant qu'elle ne m'arrache le cœur avec les dents, j'ai rejoint Steve.

– Mon pote, lui ai-je lancé, ça va être à nous !

J'ai dénoué de ma ceinture la banderole que j'avais apportée en catimini et nous nous sommes rapprochés de Cooper, reconnaissable dans la foule à son mégaphone vertical. Comme je l'avais espéré, il avait branché une journaliste de France 2 à qui il servait un argumentaire rodé. Nous sommes arrivés au moment où elle lui demandait :

– Vous pouvez me répéter ça devant la caméra, maintenant ?

– Pas de problème, a dit Cooper.

Un type portant sur l'épaule une lourde caméra s'est immobilisé face à lui. Il a lancé « C'est bon pour moi ! » et la journaliste a démarré.

– Alors, quelle est la raison de votre présence dans les rues aujourd'hui ?

Nous n'avons pas écouté la réponse. Nous la connaissions. Steve et moi, nous nous sommes placés dans l'axe de la caméra et nous avons soulevé les bras pour déployer ma banderole au-dessus d'une rangée de têtes de curieux. Nous avions passé une heure au foyer du lycée à la préparer.

J'espérais que Maud serait assez captivée par la marche du monde pour jeter un œil aux infos du soir.

À travers une trouée de visages, j'ai aperçu celui de Karen. Abandonnant ma banderole, son regard s'est posé sur le mien.

Il flambait toujours. Et ce message en tissu paraissait avoir remis des bûches dans le foyer.

Just like heaven

Il était tard quand le cortège s'est disloqué. Une odeur de merguez a tapissé nos narines, préférable à celle des lacrymos.

– On va boire un coup ? a proposé une voix anonyme.

On s'était spontanément regroupés par lycées. Cooper, auréolé de sa gloire télévisuelle, signait des autographes au revers des tracts qui lui restaient. Rayah et Karen papotaient et Steve tendait un reste de sandwich au lion en bronze.

Des copains d'autres premières, quelques terminales, grossissaient la troupe. La lutte crée des affinités. Nous nous sommes dirigés vers le métro. Objectif : le *Coupe-Gorge*.

Ça m'arrangeait, j'avais donné rendez-vous à Thomas tout près, après ses cours à Boulle.

J'ai repéré Logan qui traînait ses boots dans les parages, discutant vaguement avec deux filles qui se ressemblaient comme deux gouttes de Britney Spears. Adeptes du co-coiffurage, elles secouaient leurs mèches décolorées sous son nez, dans l'espoir sans doute qu'il éternue assez fort pour leur permettre de faire des économies de gel.

– On propose à Logan ?

Je me suis tourné vers Karen. D'un mouvement de tête, elle le désignait.

– Bien sûr, a répondu quelqu'un qui n'était pas moi.

Rayah, joignant le geste à la parole, a filé droit sur lui. En quelques phrases inaudibles, elle a réussi à le convaincre. J'ai évité de le regarder dans les yeux quand il a franchi la distance qui nous séparait.

Lestés de mon ennemi intime, nous avons dévalé les escaliers du métro pour ressortir un quart d'heure plus tard place de la Nation. Gilbert, en nous voyant débarquer, a cru qu'on prenait d'assaut sa gargote et a failli en avaler son plateau. Portant notre choix sur deux carrés de moleskine rouge bien tranquille, près des toilettes, nous nous sommes installés. Je me suis assis avec Steve, Nathalie et Thomas qui, contacté à l'aide de mon nouveau téléphone, nous avait rejoints. À côté se sont tassés Karen, Rayah, Cooper et une des bimbos britneyspeariennes nommée Nicole.

– Combien de cafés ? a lancé à la cantonade un Gilbert blasé.

Mais non, c'était la fête des additions, certains d'entre nous, grisés par la journée au grand air, ont cassé le petit cochon pour s'offrir des sodas. Gilbert en aurait pleuré de joie.

Logan, lui, est resté debout près du comptoir à siroter un demi qu'il avait commandé directement au patron. Il avait sur le bas du visage un sourire postiche. Sa solitude m'a frappé comme jamais. J'ai tourné la tête. Karen le fixait aussi, les mâchoires serrées.

J'en ai eu soudain assez d'attendre que les événements décident pour moi, de caboter sans but sur ces jours semblables. J'allais entreprendre Logan de front. Voilà, c'était la bonne solution, trop longtemps repoussée, un dialogue d'homme à homme, pourquoi tu m'as piqué mon portable, salopard, prends ça dans ta gueule !

J'ai dit pardon, pardon pour m'extraire de ma banquette. Je n'ai pas eu le temps d'achever mon mouvement. De la poche de Logan, volume à fond, a jailli la sonnerie de son téléphone, un air familier, très familier, même : les premières mesures de basse de *Just Like Heaven* de Cure.

Karen s'est brusquement levée en renversant deux ou trois verres sans s'en rendre compte. Je ne l'avais jamais vue ainsi, les traits déformés par une rage douloureuse.

Les yeux fous braqués sur Logan comme des lance-flammes, elle a pointé sur lui un doigt qui tremblait.

– Tu n'as pas changé de sonnerie, espèce de malade ! Tu veux qu'on meure aussi, toi, moi ? Ce serait mieux si tout le monde était mort, c'est ça ?

Elle s'est frayé de force un passage et nous a plantés là, s'enfuyant littéralement du café en bousculant d'un coup d'épaule rageur Logan qui, pâle, la bouche ouverte, laissait traîner son regard vide sur le sol.

Au bout d'une minute qui n'en finissait pas, il a jeté quelques pièces sur le comptoir et il est sorti à son tour, sans un mot pour personne.

Un silence de stupeur a marqué son départ. Chacun opérait un tri dans ses pensées. C'est Thomas qui l'a rompu, Thomas qui posait un constat clinique sur les événements.

– Je sens vraiment beaucoup de souffrance par ici... Non ?

Nous nous sommes séparés peu de temps après, le cœur n'y était plus. La scène à laquelle nous avions assisté avait tétanisé bon nombre d'entre nous. Il paraissait clair, désormais, que Karen et Logan, contrairement à ce que nous avions pensé, n'étaient pas des inconnus l'un pour l'autre. J'ai revu les regards troubles qu'ils s'étaient échangé.

Je suis rentré chez moi avec Thomas qui voulait caler son heure d'embauche le lendemain avec Armand.

L'appartement se transformait à vue d'œil. Armand avait monté une équipe de lutins performants qui préparaient à mes parents le cadeau de Noël dont ils rêvaient. L'enduit habillait les murs. Dans la salle de bains, le carrelage était achevé et les sanitaires en place. De gracieux robinets neufs crachaient de nouveau une eau pure. On avait sorti les pinceaux et les rouleaux, le relooking touchait à sa fin, enfin, plongeant mes parents dans un état de félicité proche de la transe.

Thomas ne s'est pas attardé. Je suis resté seul dans ma chambre, me repassant en boucle la scène du *Coupe-Gorge*. J'allais rester bien tranquille à l'écart de cette souffrance qu'avait évoquée Thomas ? J'allais brancher mon petit MP3 d'autiste et laisser mon amie Karen souffrir à quelques longueurs d'ici ? Impossible.

J'ai composé le numéro de Steve.

– Gaspard ? a-t-il dit d'entrée.

– Oui.

– T'es comme moi, ça te tourne dans la tronche ?

– Oui. Je crois que je vais passer chez elle.

– On se retrouve là-bas ?

– D'accord. Dans un quart d'heure.

– J'y serai.

J'ai raccroché, ou plutôt mon téléphone, en fin de batterie, s'est raccroché tout seul, et j'ai senti monter pour mon pote une bouffée d'amitié brute. J'aimais ce croque-mort analphabète pour sa générosité et sa pudeur. Un ami avait besoin d'un rien, il lui donnait un rein. Sans calcul.

Karen habitait dans une résidence entre la rue de Reuilly et la rue de Picpus. Une longue coursive permettait d'atteindre son appartement bizarrement situé au premier sous-sol. Les fenêtres donnaient sur une étendue boisée et silencieuse.

Quand la porte s'est ouverte, sa mère nous a reçus dans le simple appareil d'une artiste peintre qu'on vient d'arracher au boulot : tablier arc-en-ciel passé sur un tee-shirt, jean et cheveux retenus par un foulard. Elle m'a rappelé la mienne qui, dans une période creuse, s'était mis en tête de pratiquer le noble art pour évacuer les tensions accumulées à l'hôpital. Le premier soir, en entrant dans sa chambre, j'aurais juré qu'elle venait de livrer une partie de paintball avec de la gouache. L'expérience n'avait pas duré. Magaly Lorient n'aurait pas tenu deux heures aux urgences de la Pitié, mais elle avait acquis dans le milieu des galeries une petite réputation grâce à laquelle elle nourrissait sa fille et lui permettait d'écumer les Puces de Vanves pour s'habiller n'importe comment.

Le père, qui était parti à l'époque des premières expositions, continuait sa route dans une autre ville, avec une autre femme, élevant une autre fille avec qui Karen entretenait des rapports basés sur une haine viscérale et un mépris sans nom.

– Tiens, voilà la fine fleur des grévistes ! a-t-elle lancé. Bonsoir les garçons !

– Bonsoir madame.

– Je suppose que vous voulez voir Karen ?

– Oui madame.

Elle a levé les yeux au plafond.

– Madame... Arrêtez donc de me vieillir comme ça !

– D'accord...

Elle s'est effacée pour nous permettre d'entrer.

– Vous savez où est sa chambre. Et ne restez pas trop tard. Je l'ai trouvée fatiguée quand elle est revenue tout à l'heure.

Nous avons frappé. Plusieurs fois. Un nombre incalculable de fois.

Avant qu'on enfonce la porte, elle a daigné ouvrir. Deux fils lui sortaient des oreilles, le volume réglé trop fort.

Nous avons reçu son visage comme une gifle. Une détresse désarmante rôdait au fond de ses yeux rougis. Un peu de khôl témoignait par écrit de larmes mal effacées. Ce visage montrait une toile que sa mère, armée de quelques mots colorés, aurait été bien inspirée de retoucher.

Nous avons fait un pas timide dans sa chambre. Sans prononcer une parole, elle s'est assise sur son lit. Au mur, des posters de groupes de heavy nordique cohabitaient avec l'affiche d'un film que je n'avais pas vu, *Le premier jour du reste de ta vie*.

D'un geste las, elle a tiré sur ses fils.

– Qu'est-ce que vous voulez ?

Nous n'avons pas relevé la brusquerie de sa question. Je savais qu'elle était contente de nous voir. Comme deux visages flous à la surface quand on boit la tasse.

– On était inquiets, a dit Steve. Au café, tu nous as foutu les boules.

– On venait juste aux nouvelles, ai-je ajouté.

Elle a secoué la tête. Sa coiffure, qu'elle avait écrasée sur son oreiller, était devenue un grand n'importe quoi.

– C'est ce connard de Logan…

Nous nous sommes assis sur la moquette et avons attendu qu'elle se décide à poursuivre. Il fallait lui laisser un peu de temps. Des phrases barbelées lui déchiraient la gorge.

– Nous étions ensemble au collège du Parc en troisième. À cette époque, ce n'était pas le spectre que vous connaissez, il était plutôt marrant et cool. J'allais souvent chez lui pour écouter de la musique. On avait les mêmes goûts. Il vivait avec ses parents et sa petite sœur, Nina, qui était en primaire à côté de notre bahut. Il la récupérait souvent après la classe.

Au printemps, nos rapports se sont dégradés. Il était amoureux de moi depuis le début. Je sortais avec un autre garçon de la classe et Logan, à qui j'avais annoncé qu'il n'avait rien à espérer de moi, a commencé à lui pourrir la vie. Vraiment le gros lourd ! On s'est fâchés, il s'est calmé et on est redevenus copains. Un soir...

Là, elle s'est interrompue, comme pour reprendre son souffle. Son récit avait un point de côté. Elle a foncé droit vers sa douleur, comme pour s'en libérer.

– Un soir, a-t-elle repris, il m'a invitée au ciné, je devais demander à ma mère et le rappeler pour lui dire si c'était d'accord. Je crois qu'il attendait ce coup de fil avec impatience. Il est allé récupérer sa petite sœur comme d'habitude, ils ont commencé à traverser l'avenue Saint-Mandé. Il lui tenait toujours la main pour traverser. Ils attendaient au passage piétons. Le petit bonhomme passe au vert. Et à ce moment-là, un morceau de musique sort de sa poche, *Just Like Heaven* de Cure, il venait de le télécharger. C'était moi qui l'appelais. Oui, moi. Il voit mon nom s'afficher sur l'écran et se dépêche de décrocher, au point qu'il en oublie de prendre la main de sa petite sœur. Qui s'est engagée. Une bagnole est arrivée à fond... Elle l'a fauchée... À deux mètres de lui... Moi, au téléphone, j'ai entendu le choc...

Ses yeux se sont embués et un sanglot a secoué ses épaules. Elle a gardé la tête baissée le temps de se reprendre. Steve et moi étions deux statues taillées dans le sel de ses larmes.

– Ensuite, j'ai perdu Logan de vue. Chez lui, tout a explosé. Son père et sa mère n'ont pas supporté l'épreuve, je crois même qu'elle est partie. Il doit s'imaginer que tout est sa faute. Moi, je me suis éloignée parce que j'ai cru que c'était la mienne. Comme j'avais appelé…

– Il me semble que le seul responsable, c'est le chauffard, ai-je avancé doucement.

– Moi pareil, a soufflé Steve.

De la tête, Karen a paru nous dire non. Puis elle a essuyé ses yeux du dos de la main.

– Cette année, quand il a débarqué au lycée, ça m'a fait bizarre. J'ai bien vu à son attitude qu'il n'était pas remonté à la surface. Mais je sais qu'il m'aime toujours.

– Il te l'a dit ? a demandé Steve.

– Non, mais je le sais. Il n'est pas venu chez nous par hasard. Je ne sais pas quoi faire. Si je lui tends la main, j'ai peur qu'il s'imagine des trucs. En même temps, je suis une des rares personnes capables de l'aider. Son comportement ne facilite pas les choses, il s'est arrangé pour que personne ne puisse le souffrir.

– Comme s'il avait besoin des autres pour souffrir, ai-je glissé.

Elle a soupiré.

– Je suis paumée.

– T'étais pas bien loin, on t'a retrouvée, ai-je répondu.

Elle a souri timidement.

Ce que je venais d'apprendre me permettait d'accorder à Logan un paquet de circonstances atténuantes. Et de comprendre ses poèmes... Mais avec mon téléphone, il avait poussé le bouchon un peu loin.

Karen m'a regardé.

– Faut pas m'en vouloir, Gaspard, pour tout à l'heure. Tu sais, les groupes... Logan écoutait souvent A Girl Called Eddy et il était fana de Thea Gilmore. Ta question a réveillé des souvenirs.

– T'inquiète pas.

– En tout cas, c'est chouette que vous soyez là, a dit Karen en souriant avec plus d'assurance.

– Normal. Tu aurais fait la même chose si c'était moi qui avais pété les plombs, a dit Steve.

– Non, a répondu Karen.

– Moi non plus, ai-je ajouté.

Steve a secoué la tête.

– Je vois qu'on se sent mieux dans cette pièce !

Puis, d'un mouvement du menton, il a désigné le mur derrière Karen.

– Et ça parle de quoi, ce film, *Le premier jour du reste de ta vie* ?

Journal

À quoi joue-t-il ?

Quand s'achève une journée tout entière consacrée à oublier Gaspard, à oublier chaque moment passé en sa compagnie, et qu'il surgit là où personne ne l'attend, je ne peux m'empêcher de rire à en pleurer.

Ils m'ont appelée aussitôt après, Vitas, Josepha, Sophie, ils l'ont tous vu sous sa banderole, avec sa tête de Gaspard perdu et son message pour un monde entier qui, à l'en croire, se réduit à moi. Mais quel Gaspard faut-il croire à la fin, sa vérité n'est-elle pas de mentir quand il dit qu'il ment ?

Je dois lui accorder ceci : ses mensonges ont de l'allure. On a envie d'y croire.

De mémoire…

Mes deux mots d'amour préférés : Maud, amour

Appelle-moi

Nouveau numéro 06 60 45****

Gaspard

J'ai froid toute seule dans ce journal. Alors je frotte les mots les uns contre les autres comme des éclats de silex, juste pour que prenne un feu, juste pour parvenir à me réchauffer. Je ne sais pas si je dois m'en réjouir, mais sous mon souffle, Gaspard repart.

Comme au paradis

Le lendemain matin, quand j'ai rebranché mon téléphone qui affichait fièrement son plein de barrettes, j'ai eu la mauvaise surprise de ma vie. J'avais une cinquantaine de SMS en attente et mon répondeur était rempli comme une outre. L'espoir de reconnaître la voix aimée s'est rapidement noyé. Mon téléphone refoulait.

– Salut mon chou ! T'es trop craquant avec ton message ! Je serai ta petite Maud si tu m'appelles ! Clic.

– Sale gauchiste ! Tu ferais mieux de faire tes devoirs plutôt que de défiler avec les faignasses ! Clic.

– Gaspi chéri, faut pas mourir comme ça. Si tu m'appelles, je te ferai du bouche à bouche ! Clic.

– T'es qu'une tapette ! Clic.

– Je suis la Maud de l'emplacement 316. Es-tu bien le Gaspard du camping des Grandes Marées à Concarneau ? Si oui, je ne t'ai pas oublié. Call me. Clic.

– C'est qui ton copain à l'autre bout de la banderole ? Moi c'est Véro. Qu'il m'appelle. Clic.

Il a fallu que j'aille au bout, et que je lise les SMS délirants que ma prestation avait inspirés. Pour mon malheur, la seule personne dont j'aurais aimé qu'elle la remarque n'avait pas jugé bon de s'inviter. Je n'avais pas acheté de nouveau billet TGV. J'attendais le feu vert sur répondeur. À force d'attendre devant le rouge, je risquais de caler.

Je suis allé déjeuner en traînant les pieds. Bonne nouvelle : mes parents, qui ne s'étaient pas dépêchés de rebrancher la télé, n'avaient pas eu le privilège de m'apercevoir sur le petit écran. Ils n'avaient donc pas entrepris les démarches pour me placer en internat.

La veille, les Bossuet avaient installé les prises dans tout l'appartement. J'ai pu avec bonheur connecter mon ordinateur et réintégrer le monde civilisé.

J'ai commencé par envoyer un message à Maud avec la conviction que mes tentatives s'avéraient aussi utiles que d'apprendre le japonais pour remplir une grille de Sudoku. Je n'ai d'ailleurs reçu aucune réponse.

Ensuite, je suis allé sur un site d'écoute de musique à la demande pour découvrir les titres notés sur l'agenda de Logan. Je les avais recopiés avant de le remettre dans son sac sinistré.

Somebody Hurt You m'a serré les tripes.

Boy, somebody hurt you
Boy, I wish I knew who
Could look into your sad eyes
And make such a sweet thing cry

J'avais l'impression de pénétrer dans les pensées de Logan. Les échos de la chanson devaient rebondir sur les parois de sa vie en vrac.

You're lonely like only the broken can know
Aching for love but afraid to show
Lonely like only the broken can be
Breaking your own heart to make me see.

La chanteuse ne s'appelait pas Eddy, mais Erin Moran. Sa voix vous pénétrait dans le cœur et vous le froissait de l'intérieur. Une splendeur triste.

Tristes étaient les autres morceaux qui semblaient, à de rares exceptions près, traduire le désespoir de celui qui les avait choisis et presque composer un SOS poignant. *Somebody hurt you… Empty… All good things come to an end…*

J'avais moi aussi, pour d'autres douleurs, chevauché certaines de ces paroles et j'y avais trouvé le réconfort curieux qu'offre en pareil cas une telle caisse de résonance.

J'ai passé la journée à remettre de l'ordre dans ma chambre transformée par les invasions polonaises.

Mes parents m'avaient abandonné, ils arpentaient les rayons du BHV en quête d'interrupteurs avec ou sans va-et-vient, de luminaires et d'une vasque pour les toilettes. J'aurais vraiment adoré les accompagner, mais j'avais de l'espagnol à ne pas réviser.

En fin d'après-midi, j'ai commencé à réfléchir à ma tenue. J'avais une soirée prévue, qui tombait à pic pour me changer les idées. Thomas et Marco étaient conviés. J'allais leur montrer à quoi ressemble une vraie fête parisienne !

N'ayant personne pour m'aider, je me suis chargé moi-même de repasser ma chemise. Ce n'était pas sorcier finalement. J'ai enfilé un pantalon qui n'avait servi qu'une semaine et j'ai ciré mes tongs, remplacées au dernier moment par des Converse. Je n'avais aucune raison d'être le plus beau garçon de la soirée puisque mon cœur était sous scellés, mais comment faire autrement ? Je n'allais pas me défigurer !

Paloma, notre hôtesse, habitait cours de Vincennes. Elle tenait à souffler ses dix-sept bougies entourée d'une foule d'admirateurs. La fiesta, repoussée d'une quinzaine à cause des événements, promettait d'être bouillante d'après Steve qui, chargé des invitations, avait décroché le budget promotionnel.

J'appréhendais un peu mes retrouvailles avec la sangsue, mais j'avais sur moi le numéro d'un chasseur de vampires capable si nécessaire de rappliquer en cinq minutes. J'avais vanté ses charmes auprès de Marco dont j'espérais qu'il ferait diversion.

J'ai retrouvé mes deux compères au *Coupe-Gorge* où nous avons pris un pot avant de nous diriger, à pied, vers de nouvelles aventures. Nous étions attendus à vingt et une heures. Quand nous avons sonné à vingt-deux, un étrange silence radio a répondu à nos appels de détresse. Nous avons tranquillement pris racine sur le paillasson. Le duo Thomas-Marco a entamé sa campagne de vannes mesquinement revanchardes et caustiques.

– À Paris, ceux qui viennent aux fêtes, ils ont les clés ?

– Il est si grand que ça, l'appart ?

– Peut-être que c'est déjà fini...

Ignorant ces viles attaques, j'ai continué d'écraser mon pouce droit sur la sonnette tandis que je frappais du poing gauche au battant. Gaspard l'ambidextre.

Dix minutes plus tard, miracle, notre horizon s'est dégagé. Sur le seuil, Paloma en personne. Dans l'appartement, pas un bruit.

– Entrez ! a-t-elle pourtant hurlé, dévoilant une dentition nouvellement appareillée.

Telle que, elle m'a fait peur. Mais elle avait déjà disparu. Nous avons suivi le sillage de son parfum à la banane pour déboucher dans le salon où s'agitaient une trentaine de corps en sueur, chacun équipé de son MP3.

– Les voisins sont procéduriers ? a demandé Thomas, estomaqué.

Paloma est revenue vers nous. J'ai repéré les écouteurs presque entièrement dissimulés par ses cheveux longs. Elle a eu l'air de nous engueuler alors qu'elle ne faisait qu'expliquer. Elle n'imaginait pas pouvoir couper sa musique. Le son à fond avait déjà détruit quatre-vingt-dix pour cent de ses neurones actifs.

– C'est pas top comme idée ? Chacun s'éclate sur ses morceaux préférés ! Venez, y a plein de bouffe et à boire dans le coin là-bas. Eh, Gaspard, tu pourrais me présenter tes amis !

Paloma pensait sans doute à ce qu'elle inscrirait plus tard sur l'étiquette qu'elle leur accrocherait au gros orteil dans la salle de dissection.

– Marco, et Thomas.

– Quoi ?

J'ai mimé une Paloma qui enlevait ses écouteurs. Elle m'a ensuite imité.

– Excusez-moi, j'avais oublié. Donc toi c'est Paolo et toi Roland ?

J'ai laissé à mes amis le soin de rectifier et je me suis enfoncé dans les profondeurs de l'appartement à la recherche du point d'eau annoncé. Dans un saladier, j'ai trouvé du punch. J'avais un faible pour le punch. Un petit verre ne me ferait pas de mal. Deux Bourguignons m'ont bientôt rejoint, hilares. J'ai tendu deux verres pleins qui sont restés très peu de temps au creux de mes mains. Pour accompagner, j'ai rempli le mien.

– Pas croyable ! s'est exclamé Thomas. Une fête comme ça, je n'ai jamais vu.

– Tu ne sors pas beaucoup ? ai-je suggéré.

Marco pensait déjà à autre chose.

– Elle est marrante ta copine, a-t-il dit.

– Tu veux reprendre tes études de dentiste ? On a l'impression qu'elle tient tellement à ses incisives qu'elle a posé une chaîne dessus !

– Non, c'est discret, je trouve.

Aïe ! Il était harponné. Évidemment, Paloma était une fille terriblement attirante, même avec son appareil. Le problème, c'est qu'elle avait une bibliothèque qui saignait et pouvait embrasser cinq heures sans reprendre son souffle. Je ne tenais pas à ce que Marco finisse dans un frigo. Qu'aurait-on dit de mon sens de l'hospitalité ?

Autour de nous, beaucoup de visages croisés au lycée, dont des compagnons de manif. Mais nous avons dû attendre un long moment avant que nos copains préférés, Steve, Nathalie, Karen et Rayah, arrivent en retard.

Avec eux, j'ai commencé à me sentir au complet. J'ai dû m'y reprendre à plusieurs fois pour avaler ma salive (diluée dans une bonne gorgée de punch) quand j'ai découvert que Logan faisait partie de la troupe. Steve m'a aussitôt entraîné à l'écart.

– T'as vu, on est venus avec Logan.

– J'ai vu.

– C'est moi qui lui ai proposé. J'ai pensé que ça ferait plaisir à Karen.

– Tu as eu raison.

Il a opiné. Puis a scruté ma chemise.

– Dis-moi, c'est une carte du Népal que t'as sur le dos ? Avec les départementales et tout ?

– Non, de Paris. Le plan du métro, au cas où j'aurais besoin de m'évader. Comme dans *Prison Break*.

– Qui c'est qui l'a repassée ?

– Moi, pourquoi ?

– Pour rien. Je crois que je vais m'occuper de la musique. L'ambiance est mortelle. On se croirait dans le clip de *Thriller*.

– Emmène Thomas, il a sur lui de quoi réveiller les morts.

Steve a entraîné le chanteur des Thugs vers la sono. Leur intervention a permis de redonner quelques lustres à la fête. L'intro d'*Imitation of Life* de R.E.M. a lézardé les murs et décollé les motifs du papier peint. Paloma m'a foncé dessus.

– Qui s'est permis de casser l'ambiance ?

J'ai réussi à la convaincre que les fêtes à l'ancienne, avec des gens qui se parlent sans lire sur les lèvres, avaient du bon. Par ailleurs, je savais que la programmation de Thomas était de nature à balayer ses dernières réticences. Marco, qui est venu à la rescousse, a annihilé toute révolte. Avant qu'il n'entraîne Paloma avec sa main véloce posée sur son cou gracile, j'ai fixé ses lèvres qui allaient connaître le baiser absolu.

Le temps s'est écoulé, le punch aussi. Logan discutait avec Cooper. Karen le couvait discrètement du regard. Rayah, qui avait passé un tee-shirt moulant et domestiqué ses cheveux à l'aide d'un ruban jaune, était métamorphosée. Une expression sévère ne quittait pas son visage, mais, transportée par *Foundations* de Kate Nash, elle évoluait sur la piste comme une flamme sous un courant d'air, et ses yeux criaient je m'éclate et je vous emmerde. Steve jouait devant elle au miroir déformant. Effets indésirables du punch, il semblait en transe et, tout en gesticulant, braillait :

– Michael Jackson, sors de mon corps !

Thomas, enrôlé près de la sono, avait décroché une permission.

– Ça va ? ai-je demandé.

Il a posé deux index sur ses tempes.

– Il est minuit docteur Alka-Seltzer. Je vais ralentir à la pompe. Ah ! Marco a exprimé le souhait que je mette un slow. À ton avis, les gens vont grogner ?

– Ils n'en ont plus entendu depuis des siècles.

– On va les remettre à la mode.

– À la mode Marco.

Il a cligné de l'œil et s'est éclipsé. Finalement, il avait repris un punch. Sans bouger, je l'ai accompagné. Quand la voix de Kate Nash s'est éteinte, celle de Katie Melua a pris le relais, emportée par l'élan d'une guitare sèche. *Just Like Heaven*. J'en ai eu des frissons. Sur cet air, enserrant Maud, j'aurais marché sur un tapis de braises.

Logan a baissé la tête dans son coin. Mais ce n'était pas la version de Cure, celle qui avait tué. Katie Melua avait changé le point de vue.

Show me how you do that trick

The one that makes me scream, he said…

– Tu m'invites ?

Karen m'avait tiré de ma rêverie. Elle se tenait debout devant moi. La lumière lui dessinait un corps d'ombre. Deux étoiles vertes éclairaient ce firmament.

– Comment tu as deviné ? ai-je répondu en me levant.

Ses mains sont montées et elle a refermé ses bras autour de mon cou. Je me suis penché pour lui glisser à l'oreille :

– Tout va bien ?

– Tais-toi, a-t-elle dit dans un souffle.

Spinning on that dizzy edge

I kissed his face and I kissed his head…

Nous avons tangué, comme des ivrognes accordés. Elle a divisé par deux la distance qui séparait nos ventres, puis encore divisé par deux, puis encore divisé par deux…

Why are you so far away ? he said

Why won't you ever know that I'm in love with you ?

Son front s'est fait plus lourd au creux de mon épaule. J'ai senti la sueur de son front mouiller ma chemise. Et son souffle brûler ma gorge. Elle m'aidait tellement à me sentir contre Maud !

I opened up my eyes
And found myself alone alone
Alone above a raging sea
That stole the only boy I loved
And drowned him deep inside of me...

J'ai cherché dans ses cheveux une odeur qui n'y était pas. Son front s'est décollé brusquement. *Just Like Heaven*... C'était fini. Elle est partie sans un regard.

Je suis resté un moment interdit sous les lumières des spots. Leur ballet renversait un arc-en-ciel sur nos visages. Puis, encore perturbé par un trouble désagréable, je suis retourné prendre mon verre.

Mais je l'ai vidé dans le saladier.

Karen avait disparu. Je l'ai cherchée. Elle fumait une cigarette, accoudée à la fenêtre qui donnait sur l'avenue, une jambe à moitié relevée, comme un flamant blessé. Je ne savais pas comment rompre le silence. Elle m'a aidé.

– Suprafête, non ?

– Oui.

Pas de doute, Gaspard, tu as de la conversation.

– Je voulais te dire...

– Oui ?

Elle avait tourné son visage vers moi, un visage épuisé.

– L'autre jour, j'ai piqué l'agenda de Logan.

Je devais confier ce misérable secret à quelqu'un, et Karen serait de bon conseil avec Logan.

– Quoi ?
– Oui. Un agenda contre un portable, c'est équitable.
– Qu'est-ce que tu racontes ?
Cette fois, elle me faisait face, stupéfaite.
– Le portable que j'ai perdu n'a pas été perdu pour tout le monde. Je suis sûr que Logan me l'a pris au cours de la bagarre de la première manif.
– Tu es *sûr*, c'est ça ?
– On s'en est servi pour envoyer un message à Maud. De rupture.
À ce moment, Rayah nous a rejoints. Elle était en nage et tétait une bouteille de Badoit.
– Qu'est-ce que vous racontez de beau, les conspirateurs ?
Karen, d'une pâleur inhabituelle, a grimacé en lui répondant :
– Figure-toi que Gaspard est persuadé que Logan lui a piqué son portable pour envoyer à sa copine un message de rupture. C'est tordu, non ?
Il s'est alors passé une chose incroyable. Karen a éclaté de rire. Mais son rire sonnait faux. Il avait plusieurs cordes cassées.
– Ah ! Gaspard, a-t-elle réussi à me dire lorsque ce rire s'est tari. Gaspard...
Elle a ensuite plongé sa main dans la poche de son jean et m'a tendu son téléphone.
– Tiens !
Puis, d'un pas chancelant, elle nous a laissés.

Avant que je puisse réagir, elle a attrapé sa veste et quitté la pièce en direction de la porte d'entrée.

J'ai appelé. Elle n'a pas entendu, ou pas voulu entendre.

J'ai amené son téléphone sous la lumière.

C'était le mien.

Je m'étais écroulé sur une chaise. Rayah debout devant moi me bombardait de messages silencieux.

– Pourquoi elle a fait ça ? ai-je demandé d'une petite voix.

– Je te jure, t'es tellement aveugle que tu fais pitié !

Elle avait du mal à contenir sa colère.

– Karen t'aime depuis deux ans, pauvre cloche !

Sa réponse m'a atteint comme une gifle. J'ai eu l'impression qu'un rideau s'ouvrait sur une pièce qui ressemblait étrangement à ma vie, et les saynètes se sont succédé. Les regards de Karen, ses emportements quand je lui confiais mes problèmes de cœur, ses phrases. « Ne tombe jamais amoureux. C'est pourri. » Et ce slow d'abandon…

Je n'avais toujours rien compris quand elle nous avait avoué que Logan prenait pour cible ceux qui comptaient pour elle. Ses yeux au fond des miens, en mettant son cœur à nu.

Mon aveuglement m'avait rendu cruel.

J'ai pris ma tête entre mes mains. J'aurais aimé refaire le chemin à l'envers. Recoudre l'amitié déchirée. Mais où trouver le fil ?

Karen était bien placée pour savoir qu'on n'oblige personne à partager ses sentiments, même s'ils ont la force de vous étrangler.

J'ai levé les yeux vers Rayah.

– Tu aurais pu me le dire.

Elle a haussé les épaules.

– Je crois toujours que les gens voient ce que je vois.

– Sache que non. Je fais quoi, moi, maintenant ?

Elle a balayé d'un geste ma remarque.

– Rien. C'est juste des cartes mal distribuées, un beau gâchis. Tout à l'heure, vous avez dansé un slow d'enterrement, et elle le savait. D'après un philosophe, tout ce qui ne nous tue pas nous rend plus fort. Je crois au contraire que tout ce qui ne nous tue pas nous blesse à vie.

– Rayah ? Dans l'agenda de Logan...

– Quel agenda ?

– Le sien. Je lui ai piqué, puis rendu, je t'expliquerai, ce n'est pas le plus important. J'ai trouvé une playlist. Il l'a intitulée *Église* comme s'il indiquait sa volonté qu'on la passe dans une église. Et je n'ose pas imaginer à quelle occasion. Il est plutôt sur une sale pente...

– Pourquoi tu me dis ça ?

– Quelqu'un doit lui parler. Moi, il m'enverra balader...

Elle s'est retournée pour regarder Logan. Il était toujours écroulé dans un canapé avec Cooper.

– Pas ce soir, ai-je ajouté. Faut trouver le bon moment. Toi, tu sauras. Steve sera avec toi si tu lui demandes, j'en suis sûr.

– Ça ne t'a pas beaucoup réussi d'être sûr, ces derniers temps.

– Rayah, le seul à qui j'ai voulu faire du mal, c'est Logan. Et je me suis trompé. Pour le reste, je plaide coupable.

– Tu aurais tort. Tu ne seras pas jugé. Tu es un irresponsable.

Et elle a posé sa main sur mon épaule. C'était la première fois qu'elle me touchait. Physiquement.

Tandis qu'elle s'éloignait, dans la pièce a explosé *Levelland*.

Respecter les paliers

La semaine qui a suivi, je n'étais plus le même. Le Gaspard d'avant avait meurtri les gens qu'il aimait, et il ne s'en remettait pas.

Lundi, quand j'ai retrouvé Karen, j'ai hésité sur la conduite à adopter. D'abord tenté de l'éviter, je suis allé droit vers elle dans la cour et je lui ai dit que j'étais désolé, vraiment désolé. Elle a posé ses doigts sur ma bouche.

– S'il te plaît, on repart comme avant. J'ai honte de ce que j'ai fait. C'était idiot, minable. Je m'en veux. Tu me pardonnes ? Dis-moi que tu me pardonnes ?

– Je t'ai déjà pardonnée.

– J'espère qu'avec ta copine ça…

– Si on doit se retrouver, ton message n'aura eu aucune importance. S'il en a, c'est qu'on ne doit pas se retrouver.

– Elle a de la chance.
– Celui que tu choisiras aussi.
Ses paupières se sont baissées. Je ne pouvais en rester là.
– Karen, il faut que tu me pardonnes aussi.
Un cocktail de rage et d'impuissance a crépité au fond de son regard. J'avais envie de la prendre dans mes bras et c'était la seule réaction que je devais m'interdire.
– De quoi ? De ne pas m'aimer ? Tu n'y peux rien.
– De ne pas avoir remarqué que je te faisais souffrir.
– Qu'est-ce que ça aurait changé ? Tu m'aurais ignorée pour m'épargner ? J'y gagnais quoi ?
J'ai soupiré.
Aussi soudainement qu'elle était apparue, sa colère s'est dissipée. Elle a agrippé mon tee-shirt, entre la caresse et la griffure.
– Gaspard, tu sais, on a mal, et puis ça passe. Ça passera. Mais dis-moi qu'on est toujours amis. Que je ne perde pas tout.
Nous sommes demeurés encore un peu l'un en face de l'autre, les yeux dans les yeux.
Nos deux prénoms aboyés ont rompu le charme. Stavros organisait une boum de maths et nous rappelait que nous étions sur la liste des invités.
Au milieu des équations, à deux rangées de distance, elle et moi avons commencé à cicatriser.

Les journées qui ont suivi ce lundi des réparations ont agi sur moi comme des paliers de décompression, me permettant de remonter lentement à la surface de moi-même. La conclusion de l'affaire Logan a été déterminante pour chasser l'eau de mes poumons.

Steve, Rayah et Karen l'ont coincé un soir après les cours. Karen a endossé la responsabilité de l'emprunt de l'agenda et coupé court aux reproches de son propriétaire pour aller à l'essentiel. Plus tard, Steve m'a raconté au téléphone.

– Pas facile à aborder, le mec ! Il a fallu insister. Finalement, il a admis jouer avec l'idée de se cramer, comme quoi ça le soulageait de penser qu'il y avait une issue. Mais sa mère est tombée sur l'agenda un jour qu'il était chez elle. Elle a contacté le père qui venait juste d'être alerté par le bahut, sur l'initiative de Roquemer.

– Notre Roquemer ?

– Lui-même. Il aurait fait part de ses inquiétudes concernant son élève déjanté. Avec tous ces éléments, ses parents ne lui ont pas laissé le choix. Ils ont exigé que Logan aille voir un psy. Il dit que ça lui fait du bien. Qu'il a au moins une heure dans la journée où il n'a pas envie de flinguer tout le monde.

– Si on avait su qu'il dégustait autant…

– Et il a parlé de toi.

– En bien ?

– Il nous a demandé comment on faisait pour te supporter.

– Et ?

– Ben, je lui ai expliqué ! Le fric que tes parents nous filent tous les mois…

– Il t'a donné un RIB ?

– Non. Je crois que Karen lui a parlé.

– Tu crois ?

– Je sais. Je l'ai su par Nathalie qui l'a su par Rayah qui l'a su par Karen. Après notre discussion, Karen est rentrée avec lui, elle avait encore des trucs à lui dire, en privé. Elle lui a expliqué que tu n'étais pas intéressé par elle et qu'il avait intérêt à te lâcher s'il voulait continuer à la voir. Il a accepté l'idée. Est-ce qu'il y aura des changements ? L'avenir nous le dira.

– On tendra l'oreille.

Il s'apprêtait à raccrocher quand je l'ai retenu.

– Steve !

– Ouais ?

– Karen, faudra être attentifs à elle dans les semaines à venir. C'est lourd ce qu'elle porte elle aussi.

– Toi et moi, on sera sa garde rapprochée.

– C'est ça.

Dès le lendemain, j'ai pu constater que les bonnes résolutions de Logan n'étaient pas feintes. J'ai eu droit à un nanosalut de sa part. Nous étions sur la bonne voie. Pas des amis, mais plus des ennemis.

En quittant le lycée le vendredi, je savais que devait se jouer une autre partie dans ma vie singulièrement bousculée.

À la maison, c'était la liesse. Maman déballait les cartons et rangeait dans les placards les vêtements qui allaient régaler les mites. De son côté, papa, qui avait acheté bouteilles de champagne et paquets géants de bretzels, félicitait son équipe des Maçons du Cœur.

– Messieurs, a-t-il solennellement déclaré en levant son verre en carton, je bois à votre efficacité !

Armand a donné le signal de l'assaut sur le buffet improvisé. Quand on a vidé les dernières bouteilles, la nuit était tombée. Les finitions de peinture qui restaient ont été programmées pour le lundi mais après ce que nous avions connu, ce délai était de la pure rigolade.

En m'endormant dans les draps authentiques d'un vrai lit, j'ai serré mon billet TGV contre ma poitrine.

Le Gaspard du retour serait différent de celui de l'aller, j'y croyais.

Journal

Tout le monde a droit à une seconde chance.

Même moi.

Je prends le train de 9 h 24. À 11 h 03, je serai à Paris. Je sonnerai chez lui.

À l'expression de son visage, je saurai alors si c'est son cœur qui s'ouvre.

S'il me trompe encore une fois, je le tue.

De la fuite dans les idées

J'ai été réveillé par un sifflement en provenance du salon. Comme chaque matin avant de me lever, j'ai consulté mon répondeur. Les messages farfelus avaient cessé, remplacés par un grand vide. Pourtant, je ne m'inquiétais plus. Au fond de moi, une force montait. Mon amour pour Maud était tellement sincère qu'il allait atomiser les obstacles.

Je me suis levé. Dans le salon, j'ai trouvé mon père en tenue de combat : le marcel immaculé, le pantalon de survêtement et les baskets. Il s'était déguisé en bricoleur. Et donc il sifflait. Mon père est une variété commune de bricoleur siffleur, masquant ses carences pratiques par une assurance aussi risible que suspecte.

– Mon fils, ce matin, j'accède aux désirs pressants de ta mère. L'homme qui se présente devant toi va poser des rideaux. Un travail enfantin.

– Pourquoi tu ne demandes pas à Armand de s'en occuper ? Il doit passer tout à l'heure, non ?

– Parce que je ne demande à Armand que des choses que je me sens incapable de faire.

Personnellement, je tenais à sa disposition une liste de cent pages.

Il avait sorti la mallette qui contenait sa perceuse. Il a soulevé le couvercle religieusement. À l'intérieur, le matériel rutilait. Les mèches brillaient de mille feux. Un cadeau de la fête des pères.

J'ai consulté ma montre et connu une poussée d'adrénaline capable d'assommer un bœuf.

– Il est déjà cette heure-là ?

– Il est toujours cette heure-là, a-t-il finement philosophé.

– Mais mon train est dans une heure !

– Raison de plus pour ne pas traîner.

J'ai réintégré ma chambre et préparé mon sac. Lassé de devoir rebrousser chemin au moindre incident bénin, j'avais négocié un week-end complet à Dijon. Si mon destin devait se révéler funeste, j'avais promis de demander asile aux parents de Thomas. Son père, prévenu, attendait mon éventuelle visite au commissariat de Dijon où il exerçait la noble tâche d'officier de police judiciaire. J'avais posé quelques questions à Thomas, au cas où.

– Il est comment, physiquement ?

– Une sorte de père Fouras, mais en jeune.

– Je ne vois pas ce que ça peut donner.

– Imagine le chanteur de Tokio Hotel, mais en vieux.

– Toi, tu es né pour être prof. Plus tu m'expliques, moins je comprends.

Je n'avais pas insisté, n'ayant nulle intention de le contacter. Si je retrouvais Maud, je n'allais pas la quitter à l'heure des infos. Et puis mon père avait pour projet de poser des tringles à rideaux, inutile qu'il apprenne en plus que son fils était parjure.

Ma mère a frappé puis est entrée, un pyjama en coton dans la main. Celui avec des losanges grenat.

– Bonjour chéri ! Tiens, je te l'ai repassé !

Je ne mettais plus de pyjama depuis la fin de la Seconde Guerre mondiale.

Je l'ai remerciée en abandonnant la panoplie sur mon Eastpak.

– Tu seras prudent ?

– Ne t'inquiète pas.

– M'inquiéter, c'est mon métier. Je suis mère.

J'ai posé sur elle un regard interrogateur.

– Le jour où je cesserai de m'inquiéter, faudra que tu t'inquiètes ! s'est-elle justifiée.

Dès qu'elle est sortie, j'ai tassé à coups de talon le monstrueux pyjama au fond de mon placard, sous mon sac de sport. Voilà. J'avais le temps d'avaler un petit-déjeuner dans notre superbe cuisine avant de prendre la poudre d'escampette.

D'ailleurs il était prêt. Ma mère avait rassemblé tout son amour pour me préparer un dernier repas correct avant de me lâcher dans la nature. Qui savait ce que j'allais avaler chez sa bru ? Mon père est venu s'asseoir une minute avec nous.

– Ça prend tournure ? ai-je demandé.

– J'entame un travail méticuleux. Le temps perdu au début se rattrape à la fin. J'ai effectué les mesures, marqué les emplacements de perçage, choisi ma mèche et sorti mes chevilles. Le contremaître est-il satisfait ?

– Tu feras attention ? a dit maman. Tu te rappelles qu'on ne doit pas percer au plafond ?

Notre appartement est chauffé par le sol. Le sol des uns étant le plafond des autres, des tuyaux serpentaient partout, traîtres reptiles gorgés d'eau bouillante qu'il valait mieux ne pas chatouiller avec la perceuse. Papa a paru outré. De tels soupçons avaient valeur d'insultes.

– La norme interdit de couler des tuyaux dans le béton à moins de trente centimètres de la fenêtre, tu penses que je me suis renseigné avant de m'y mettre ! Je vais percer à vingt-deux. Tu vois, j'ai prévu de la marge.

Je ne m'étais plus autant ennuyé depuis mon dernier cours de maths. Mes parents ont senti que je décrochais. Ils ont trouvé un moyen de réactiver mon intérêt pour la conversation, maman en tête.

– Au fait, elle a reçu ton message cette jeune fille que tu vas retrouver ?

J'ai pris tout le temps nécessaire pour avaler ma bouchée de pain, une bouchée d'un calibre pourtant classique.

– Maud, a ajouté papa, jugeant indispensable de me rappeler son prénom.

– Deux hommes romantiques à la maison, j'ai de la chance.

– Romantiques ET engagés, a dit papa, l'index dressé. Ce message personnel s'inscrivait dans un combat plus large pour la défense des intérêts collectifs et l'avenir de notre jeunesse !

– Tu as raison, chéri.

– Et tu auras remarqué que Gaspard n'était pas seul à s'impliquer ! Autour de lui, ils étaient nombreux à partager son engagement. Attention, ce n'était pas ce qu'on appelle une manifestation !

– Impossible ! a dit maman. Gaspard avait reçu l'interdiction de manifester, ce ne pouvait donc pas être une manifestation.

– C'était un rassemblement.

– Un regroupement.

– Un attroupement.

– Une réunion.

Papa s'est tourné vers moi.

– Comment vous avez appelé ça avec tes camarades de lutte ?

Pour toute réponse, j'ai baissé la tête.

– N'en rajoute pas trop, m'a tout de suite arrêté ma mère.

Mon père s'est levé. Il faisait la moue, assez bien d'ailleurs.

– Nous en reparlerons.

Je savais que ce ne serait pas avant une quinzaine d'années. J'ai poussé un soupir de soulagement, mais à l'intérieur pour éviter l'ostentation victorieuse. Mon père a quitté la cuisine.

– Tu feras attention, hein ? lui a répété ma mère.

– Bon, ça suffit maintenant ! s'est agacé un valeureux travailleur déjà à l'ouvrage.

Juste après, j'ai interrogé maman :

– Vous avez regardé les infos ?

– Non, m'a-t-elle répondu, mais nous avons reçu des dizaines d'appels amusés. Je me demande ce qu'en aura pensé le proviseur de ton lycée.

J'ai attaqué une autre tartine puisqu'on ne doit pas parler la bouche pleine. Puis je me suis levé pour poser une bise sur la joue de ma mère. Elle a copié la moue de son mari.

– Quand même…

– Excuse-moi maman.

– C'était pour une bonne cause ?

– Je crois.

Je l'ai laissée dans la cuisine, dans son sourire. À ma montre, il était 7 h 45. Pour attraper le TGV de 8 h 28, je devais partir sur-le-champ.

J'ai récupéré mon sac dans ma chambre, enfilé mon blouson et je me suis dirigé vers la porte d'entrée accompagné par le vrombissement assourdissant d'un outil performant. Ce sont les voisins qui allaient être contents...

En passant devant la chambre de mes parents, j'ai jeté un œil. L'image était puissante. Juché sur un escabeau, mon père s'offrait une séance gratuite de Power Plate en plantant sa perceuse dans une succession de petits ronds tracés au crayon.

– Salut papa ! ai-je crié.

Une fine projection de plâtre lui talquait les cheveux. Sans cesser d'appuyer, il a tourné son regard vers moi et esquissé un clin d'œil.

J'ai fait un pas vers la sortie.

Pas deux.

J'ai entendu le plus désagréable, le plus suspect, le plus inattendu des bruits, suivi par un juron.

– NOM DE DIEU DE BORDEL DE MEEEERDE !

Ensuite, j'ai très clairement entendu un orage tropical éclater.

Un pas en arrière.

Vision d'apocalypse.

Un torrent d'eau jaune se déversait sur la tête de mon père qui gîtait au sommet de son escabeau, sa perceuse atomique en main tel un tireur d'élite déconfit. Soumise à une pression colossale, l'eau rebondissait sur le parquet neuf. Les premières vagues me léchaient déjà les Converse.

Je l'avoue, il le faut. Un instant, j'ai pensé à le laisser là, à courir vers la porte d'entrée pour attraper le 8 h 28 à la gare de Lyon. Cette pensée qui aurait pu me valoir la damnation éternelle n'a pas résisté à la pitié filiale. D'autant que les hurlements de ma mère sont venus me rappeler qu'il s'agissait d'une catastrophe.

J'ai balancé mon Eastpak vers une région sèche et je suis allé pêcher toutes les serviettes qui traînaient dans la salle de bains. J'avais une tempête à essuyer. À mon retour, mon père avait abandonné la pièce aux chutes du Niagara et la porte d'entrée béait.

– Il est parti demander qu'on coupe l'eau ! a haleté maman qui rapportait un seau de la cuisine.

Je le lui ai pris des mains et j'ai tenté de le placer sous le jet, mais la pression était telle qu'il en giclait dehors autant qu'il en restait dedans. Dans mon dos, j'ai entendu des hippopotames patauger dans une mare. Ce n'était que maman qui épongeait.

Papa est revenu, les yeux hagards, la bouche pendante. Notre gardienne l'accompagnait, munie d'un balai éponge. Maman est allée vider nos placards de tous les tissus poreux et nous avons constitué une chaîne humanitaire depuis la source jusqu'à l'évier.

Cinq minutes plus tard, nous étions trempés comme des soupes.

Dix minutes plus tard, la chaîne s'enrichissait de nouveaux maillons avec l'arrivée d'Armand et de Marco.

– Oh bordel ! n'a pu s'empêcher de lâcher Armand en constatant le désastre.

Ils ont enfilé des maillots de bain, gonflé leur bouée et sont venus jouer avec nous dans le petit bain.

Quinze minutes plus tard, papa a mis le dos de sa main sous le jet.

– J'ai l'impression que c'est moins fort.

– C'est parce que les tuyaux sont presque vides au-dessus de chez vous, a expliqué Armand le technicien de surface.

– Oui, a ajouté Marco, l'eau, maintenant, elle est dans le parquet. Et les deux ensemble vont faire des vagues.

Trente minutes plus tard, un mince filet avait remplacé la trombe nauséabonde. Nous nous sommes accordé une pause. Personne n'a pris un verre d'eau.

Nous n'étions pas beaux à voir, comme si par erreur nous avions été ramassés par un Canadair et recrachés dans le salon. Nous dégoulinions de puanteur encore tiède.

La gardienne devait prendre congé. Maman, reconnaissante, l'a serrée dans ses bras. Papa a posé ses yeux de noyé sur moi.

– Qu'est-ce que tu fais là, toi ?

– Je te rappelle que je suis maître nageur sauveteur. J'ai reçu un appel il y a une heure.

– Tu n'avais pas un train à prendre ?

– Si.

– File sous la douche…

– Mais j'en sors !

– … la propre, et change-toi. Tu peux attraper le train d'après. Va voir les horaires !

En quelques clics, j'ai obtenu les précieux renseignements.

– Oui, le suivant est à 10 h 28, ai-je annoncé. Il arrive à 12 h 05.

– C'est mieux que pas du tout.

J'ai obéi à la voix de la raison. Je devais gagner Maud, dans tous les sens du terme. Pour m'empêcher de la rejoindre, il aurait fallu m'enfoncer un pieu dans le cœur.

J'ai opéré une toilette éclair. Mon Eastpak avait échappé à la mousson. En passant devant la Sécurité civile, j'ai capté une remarque de Marco. Il s'adressait à mon père.

– Monsieur Corbin, si vous détruisez le matin ce qu'on fait le soir, il ne vous restera plus qu'à nous embaucher en CDI.

– Si vous avez les papiers, je les remplis tout de suite, a répondu papa.

Ma mère a posé une main sur son épaule. Le cataclysme ne les avait pas détruits. Ils m'ont salué.

– Tu laisses tomber la perceuse, hein ? ai-je dit à mon père.

– Dans un quart d'heure, elle est en vente sur ebay ! Disparais !

Armand s'est levé comme un diable.

– Je vais te conduire, ce sera plus rapide.

N'ayant pas remarqué la présence d'un point d'interrogation au bout de sa phrase, j'ai suivi. Nous sommes descendus en vitesse. Il laissait derrière lui une traînée liquide.

Sa voiture était garée devant l'immeuble, une BX customisée. Sur la plage arrière, deux caissons énormes. Le véhicule avait dû être assemblé autour. Il s'est installé et s'est penché pour m'ouvrir la porte. En m'asseyant, j'ai eu l'impression de passer la tête dans le cadavre d'un chien mouillé. La dernière fois qu'il avait baissé la vitre, de Gaulle était au pouvoir. Il a démarré et rapidement oublié qu'il n'était pas aux commandes d'un jeu vidéo genre *Death Driver 3* ou *Ride to Hell*.

– Je te mets un peu de musique ?

Il crevait d'envie de me montrer son équipement. J'ai dit oui. Pendant les dix années qui ont suivi, je n'ai plus entendu qu'un bourdonnement sourd.

– Ça déchire, hein ? Deux fois 30 watts !

J'ai eu du mal à répondre parce que dans ma bouche, tous mes plombages avaient sauté.

– C'est le dernier AC/DC. Tu aimes ?

J'ai eu des difficultés à dire non, étant victime d'un brutal décollement de la plèvre.

– On arrive ! a-t-il hurlé en désignant du doigt l'horloge de la gare.

Il s'est rangé devant les arrêts de bus. J'ai penché la tête. Sur le tapis de sol, j'ai remarqué un gros tas de poils : mes cheveux étaient tombés. Je l'ai remercié, je suis sorti sans mes vêtements qui étaient restés collés aux vitres et, tremblant sur le trottoir, j'ai vu la BX réintégrer le flot des véhicules tel le cercueil du chanteur de Guns N' Roses.

Il a fallu quelques minutes à mon cœur pour reprendre un rythme normal. J'ai pensé qu'il s'était préparé à ce qui l'attendait dans une poignée d'heures.

Bientôt, je me suis retrouvé au pied de la façade.

Un train peut en cacher un autre

Le studio Paramount n'avait pas traîné pour commercialiser mes exploits précédents.

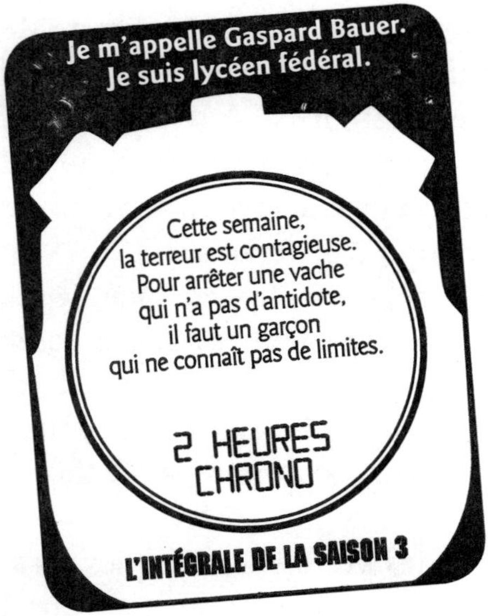

Depuis l'esplanade, prudent, j'ai lancé un Awacs pour photographier le relief. Sur les clichés rapportés, je n'ai pas repéré d'élément hostile. Aucune vache. En serrant les dents, je suis entré sous la coupole noire de monde.

Parmi les employés de la SNCF, nombreux étaient ceux qui me reconnaissaient. Nous avions déjà partagé tellement de moments rares ! J'eus droit à pas mal de saluts, des « comment tu vas ? » des « bonne chance mon gars ! » L'ambiance était détendue.

Les réflexes de survie que j'avais acquis m'ont pourtant incité à rester vigilant. J'ai d'abord guetté un éventuel rassemblement de casquettes de contrôleurs, puis observé le tableau d'affichage. Curieusement, je n'ai rien remarqué de suspect. C'était louche. Mon train attendait en voie G comme prévu. Méfiance.

Je suis monté. Personne n'occupait mon siège. Tout semblait tellement normal que j'en ai eu froid dans le dos. Une goutte d'optimisme a dilué mon anxiété. La malédiction était-elle levée ? Avais-je assez payé le droit d'être rempli d'espérance ?

Le compte à rebours a commencé, il était 10 h 24. Les passagers remontaient les allées en étudiant les numéros de siège. Nous allions tous retrouver Maud.

En arrivant à Dijon, j'allais sauter dans un taxi, et tant pis si je vidais mes comptes off shore. J'étais un prince.

10 h 27. Sous les voûtes métalliques, pas de vaches en formation d'escadrille. Je tenais le bon bout.

En tendant la main, je pouvais presque toucher Maud.

10 h 28. Attention au départ !

J'avais prononcé cette phrase merveilleuse dans ma petite tête, mais le micro était resté muet. Ce n'était rien. Ce qu'on appelle dans le jargon des cheminots amis des amoureux un léger contretemps.

10 h 30. Nous avons bien ri. Maintenant les gars, faut souffler dans le sifflet, agiter le petit bâton et pousser fort ! On a de la route !

10 h 35. Ça n'allait pas. J'aurais déjà dû être à Dijon.

Je me suis levé en laissant mon sac sur mon siège. La porte d'accès au quai était restée ouverte. En me penchant à l'extérieur, j'ai entendu en tête de train une rumeur confuse qui m'a rappelé des souvenirs récents. Seulement, elle était absolument hors contexte dans cette gare. Je ne suis pas parvenu tout de suite à l'identifier. Une partie de mon cerveau s'y refusait. Mais une voix dans un mégaphone a balayé mes ultimes résistances.

– Tous ensemble ! Tous ensemble !

– Ouais, ouais, ai-je dit par réflexe.

Un temps.

Une femme s'est avancée vers moi, elle souhaitait monter. Au loin, la voix métallique a repris.

– Le premier contrat !

– Pour du beurre, ai-je répondu.

– Vous connaissez les paroles ? m'a-t-elle demandé.

– Un peu, ai-je répondu en saisissant sa valise. J'ai déjà répété avec le groupe.

– Merci. N'empêche, heureusement qu'ils sont là. J'allais rater mon train. Je suis en retard.

– À mon avis, vous êtes en avance.

Je me suis effacé pour la laisser passer puis je l'ai suivie jusqu'à ma place. Je m'y suis écroulé sans grâce. À côté, un cravaté entre deux âges (entre cinquante et soixante-quinze ans) lisait *Les Échos*. Il a sursauté et m'a jeté un regard noir que j'ai ignoré.

La sonnerie de mon portable a retenti. Mon voisin a tourné sa tête vers moi, interprétant le retour du regard noir. Je l'ai toisé, féroce.

– Je suis médecin urgentiste, et je suis de garde ! Je dois répondre, des VIES HUMAINES en dépendent ! Allô ?

– Allô ? a lancé la voix de Cooper. C'est Cooper.

– Je sais, tu as la même voix que toi.

– Tu ne devineras jamais où je suis !

– On parie ?

Il a fait comme si je n'avais rien dit.

– Gare de Lyon, mon pote ! On est en train de foutre un de ces bordels ! Figure-toi qu'on bloque les voies ! Tu ne veux pas venir ?

– Si, avec plaisir.

– Tu seras là dans combien de temps ?

– Je peux être là rapidement.

– Je t'attends ! Tu veux que je t'indique ?

– Non, je trouverai.

J'ai rangé mon téléphone et me suis penché vers mon voisin.

– Plus de peur que de mal, heureusement. Bon voyage, monsieur.

Mon sac en main, j'ai sauté sur le quai et me suis dirigé vers l'avant du train. Les slogans me parvenaient de plus en plus nettement, tous ensemble, tous ensemble, ouais, ouais.

En chemin, j'ai imaginé la pub qui allait inonder prochainement nos écrans de télé.

LES AVENTURES DE GASPARD

Retrouvez enfin l'intégrale de la série culte
chez votre marchand de journaux.
Le numéro 1, le DVD, le fascicule et la figurine

AU PRIX EXCEPTIONNEL DE 2,99 EUROS.
Une exclusivité Alpaya.

Ce premier numéro
contient les épisodes suivants :

GASPARD CONTRE KONTROLATOR

GASPARD ET L'ATTAQUE
DES VACHES VOLANTES

GASPARD CONTRE COOPER LE FÉLON

Ils étaient une centaine sur les voies, la plupart assis en tailleur sur les traverses. Les dossards du CAL décoraient les vêtements. Des calicots les transformaient en jeunes-sandwichs. Ils défiaient en riant le nez profilé du TGV. J'ai tout de suite repéré Cooper à son mégaphone greffé sur les lèvres. Ses yeux se sont arrondis quand il m'a aperçu à son tour.

– T'es déjà là ?

– C'est parce que j'étais déjà là.

– Où, là ?

D'un mouvement de pouce, j'ai pointé le TGV.

– Voiture 14, place 45.

– Oh merde !

Pour grimper dans la hiérarchie, Cooper devait encore apprendre à couper son mégaphone. Toute la gare avait profité de notre conversation. Il a pressé le bon bouton avant de poursuivre.

– Je suis désolé. Si j'avais su.

J'ai haussé les épaules.

– Vous en avez pour combien de temps ?

– Difficile à dire, a-t-il grimacé. Au moins une heure, si ce n'est pas deux. Tout dépend de la réaction des flics. On espère qu'ils vont se pointer vite. On cherche une visibilité maximale.

D'un coup de menton, il a changé de sujet.

– T'allais où ?

– À Dijon. Retrouver la fille que j'aime et qui ne me donne plus aucune nouvelle depuis un mois, sans aucune raison.

– Ah ! Galère.

Il m'a fixé quelques instants, comme s'il hésitait à me poser une question. Puis s'est décidé.

– C'est la nana de la banderole ?

– Oui.

– On m'en a parlé. Presque plus que des slogans qu'on était venus gueuler sur le boulevard.

– Je n'ai rien trouvé de mieux, ai-je expliqué, contrit. Je n'arrivais plus à la joindre.

Il m'a flanqué une bourrade sur l'épaule.

– Heureusement que tous les militants sont pas comme toi. Mais elle était d'enfer ton idée. Quand même, me refais pas le coup à chaque fois !

Quelqu'un a crié son prénom.

– Va falloir que je te laisse, a-t-il dit.

– Bon, je vais me renseigner sur les horaires des trains de l'après-midi. Tu crois que je dois aussi regarder ceux de demain ?

– Non, quand même pas.

– Bien. Bonne chance. On est tous avec toi !

– Bonne chance, Gaspard.

Je m'en suis retourné. Mes Converse en plomb me donnaient une démarche de scaphandrier. Sur l'esplanade Marcel-Beynard m'attendait un café où j'allais essayer de réaliser ce qui m'arrivait.

J'y suis parvenu avant d'y parvenir. Une grande lassitude m'a fauché en chemin. Le brouhaha me saoulait. J'ai contourné la sandwicherie.

Et puis je me suis figé.

L'image de Maud a eu du mal à s'inscrire dans mon esprit, le souvenir jaunissait déjà, j'en ai ressenti une terreur soudaine. L'absence avalait ses traits. J'ai fermé les yeux pour les retrouver.

Quand je les ai ouverts, Maud était devant moi.

Nous ne bougions pas tandis que de part et d'autre des gens pressés nous frôlaient. Le temps pris dans la glace de son regard s'est arrêté. Nous sommes restés à distance.

Nous n'avions jamais été aussi éloignés l'un de l'autre qu'à cet instant précis.

– Je suis venue, a-t-elle dit d'une voix calme. Il y a un mois. Je voulais te faire la surprise.

Sur ses lèvres, j'ai cherché le baiser que j'allais lui donner.

– J'ai vu une fille. Elle t'a embrassé.

Au lieu de battements, mon cœur libérait le bruit régulier de deux talons qui heurtaient un parquet gelé. Maud visitait les lieux. Elle devait trouver la salle bien vide. En oubliant qu'elle y vivait.

– C'était qui ?

– C'était toi, ai-je répondu. La dernière fille que j'ai embrassée.

– Elle ne me ressemblait pas. Et si j'avais été cette fille, je m'en serais rendu compte.

– Tu confonds une fille que j'aurais embrassée avec une fille qui m'a embrassé.

– Gaspard, je n'ai pas envie de jouer à celui qui aurait le dernier mot.

– Elle s'appelle Stéphanie, je l'ai connue avant toi, elle a essayé de raccrocher. Et tu étais là... C'était toi le canon...

– Quoi ?

– Steve, mon ami. Ce jour-là, il a aperçu une fille superbe dans mon dos. C'était toi. Tu étais venue.

– Toi non. Depuis, tu n'es pas venu. Pourtant, je ne répondais à aucun de tes messages...

– Je suis venu. Enfin, je suis parti plusieurs fois mais je ne suis jamais arrivé. Faudrait que je te raconte le macareux à casquette grise, l'employé SNCF dans son aquarium, la vache volante. Depuis que tu ne me parles plus, je suis soit en route, soit sur le départ. Aujourd'hui, je suis content d'avoir raté le train.

J'ai fait un pas. Elle aussi, mais dans le mauvais sens. Vers Dijon. Je me suis immobilisé.

– Je pourrais jurer pendant des heures que je n'y suis pour rien, que c'est un malentendu désolant, mais ça ne sert à rien. Tu vas regarder mes yeux, écouter ma voix, et tu sauras.

J'ai fait un nouveau pas. Cette fois, elle n'a pas bougé.

– Maud, je ne t'ai pas trahie, je t'aime, et s'il m'arrive plus tard de le redire, c'est pour l'éternité qu'aujourd'hui je le dis pour la première fois.

La distance qui nous séparait encore, j'avais mis un mois à ne pas la franchir. C'était ma dernière chance. Son visage s'est retrouvé tout près du mien, ses lèvres tout près des miennes...

Quand j'ai enfin serré Maud dans mes bras, j'ai eu l'impression qu'on me greffait mon propre cœur. J'ai enveloppé dans un baiser les mots que son silence d'un mois m'avait empêché de prononcer et je les lui ai donnés, dans le hall de cette gare où j'avais raté le train qui nous avait réunis.

– Tu restes combien de temps ? ai-je demandé cent ans plus tard.

– La journée.

Craché par un mégaphone, un message nous est parvenu. « Tous ensemble tous ensemble. »

– Qu'est-ce qui se passe ? s'est inquiétée Maud.

– Au micro, c'est Cooper Lafosse, le type qui m'a sauvé la vie il y a une demi-heure. Je te raconterai.

Des voyageurs pressés nous ont bousculés. J'ai repéré la sortie la plus proche et glissé ma main dans celle de Maud.

– Tu viens ?

Ensuite, cette main, je ne l'ai plus lâchée.

Retrouve Gaspard dans

Si par hasard c'était l'amour

Deviens l'ami de Gaspard sur Facebook

http://www.facebook.com/gaspardcorbin

Les chroniques « Facebouklennes » de Gaspard Corbin

Échos d'une parution

Si par hasard c'était l'amour est sorti aujourd'hui. Des centaines de soixante tonnes ont quitté Rungis tôt ce matin pour approvisionner les étals des librairies, précédés par une folle rumeur de pénurie qui a provoqué dans la population des mouvements de panique proches de ceux qu'a connus le pays lorsque l'équipe masculine de curling a menacé de ne pas participer aux Jeux de Vancouver.

À peine les cartons étaient-ils vidés que des foules hystériques ont pris d'assaut les points de vente. Incapables de s'empêcher de lire pendant l'interminable attente, les fans atteints de fous rires se sont tordus par terre, le ventre retourné comme un gant, implorant un sursis que l'exceptionnelle qualité de la suite du livre n'a pu leur accorder.

Au soir, des cohortes de libraires hébétés ont contemplé leurs lieux de travail dévastés, s'interrogeant du regard sur la réalité de l'incroyable expérience qu'ils avaient vécue. La perspective de revivre le lendemain un tel déferlement de lecteurs hystériques a poussé nombre d'entre eux à se reconvertir dans la livraison de pièces détachées pour moteurs de hors-bord.

Cette parution a eu d'autres conséquences, moins attendues.

Dans le Grand Paris, des milliers d'adolescents ont décidé d'élever des vachettes en appartement.

Une application baby-foot a été proposée sur iPhone.

La réception du *Lion d'Or*, hôtel deux étoiles de Fonlindrey, a enregistré 21458 demandes de réservation pour l'été prochain en l'espace de deux heures.

Tout ça pour un livre.

Celui qui raconte mes aventures.

Je m'y attendais. Même moi qui les connais, elles me surprennent. C'est dire.

Retour à Fonlindrey

Ceux qui douteraient des transformations que peut entraîner un simple livre sur une ville seraient bien inspirés de planter leur Quechua (ou, au choix, de louer leur villa, amarrer leur yacht, restaurer leur manoir, louer leur chambre) à Fonlindrey aussitôt qu'ils auront quelques RTT à caser.

Car c'est une véritable métamorphose qu'a subie cette bourgade depuis la publication planétaire de cet éminent ouvrage qu'est *Si par hasard c'était l'amour*, lequel, rappelons-le aux 14 lecteurs de France qui ne l'auraient pas encore lu, l'a choisie pour cadre aux aventures érotico-mystico-merguezo-amouro-humoristico-vachetto-estivales de Gaspard Corbin (moi).

J'en reviens, et je n'en reviens pas de ce que j'ai vu. Autrefois paisible (traduire par mortelle), Fonlindrey semble s'être réveillée d'un coma profond en s'arrachant les cathéters de la rivière qui serpente près du pré à vaches et en redécouvrant, courbée sur son déambulateur, les joies simples de l'existence.

Une grande statue en bronze signée de Rodin trône à l'entrée (qui représente un certain Gaspard Corbin qui pense, la municipalité reconnaissante, etc.) et, autour de la place centrale, depuis que la réputation de la féria de juillet a franchi les frontières du département, pas moins de 13 boucheries ont ouvert. Les cafés ont déplié leur terrasse chatoyante jusqu'à la fontaine dont le doux gargouillis alimente en clients les toilettes publiques récemment restaurées. À la Maison de la Presse, on trouve encore des exemplaires de l'Événement du Jeudi mais aussi des journaux de l'année en cours. Oui, on peut dire qu'il fait bon vivre dorénavant à Fonlindrey, même si, avouons-le, sans Maud, tout ça perd un peu de son charme.

J'ai tout de même été saluer Henriette au *Lion d'Or*. Des forçats refaisaient les chambres en sifflotant. Ils tondaient la moquette, repeignaient les papiers peints et installaient les nouveaux postes de télé (20 cm de diagonale) sur des supports muraux qui empêchaient la porte de s'ouvrir. Les prochains vacanciers vont se régaler.

Que ça ne vous dissuade pas de réserver.

Avatar

Vu *Avatar* hier soir. Un monde ! La queue s'étirait jusqu'à Rouen, au moins.

Dans la salle, c'était le congrès de rongeurs. La seule manière de ne pas être gêné par les bruits de pop corn pendant la projection, c'est d'en bouffer. J'ai pris la portion géante, avec une blanquette de veau et un Coca.

Le film, c'est Pocahontas chez les endives bleues. Avec leur connerie de 3D, je me suis pris trois flèches dans l'œil. J'ai gardé les lunettes en prévision de la prochaine éclipse de soleil. Un supra bon film, au demeurant.

L'histoire est simple. Un Marine's sans jambes se téléporte dans le corps d'un Schtroumpf géant qui en possède une paire de trois mètres de haut. Grâce à ce nouveau corps, il va s'infiltrer chez les Na'vi, la tribu d'indigènes qui occupe la planète Planéta. Son objectif ? Les étudier pour mieux les massacrer. En effet, et pas de bol pour elle, Planéta possède dans ses sous-sols du minerai à 3 millions de dollars la caillasse.

Le gisement principal est situé pile sous l'arbre où Timothée de Fombelle a écrit *Tobie Lolness.* Jake (c'est le nom du gentil Marine's) va rencontrer Neytiri, une bombe atomique bleue qui va l'initier à la vie des écolos. Et pas qu'à ça.

Avant de les créer pour son décor, James Cameron a sans doute fumé toutes les plantes magnifiques qu'on voit sur Planéta. C'est encore plus stupéfiant qu'un séjour au Center Parc du lac d'Ailette.

En sortant du ciné, j'ai vu un type qui jetait un papier par terre. Je l'ai illico dénoncé aux flics.

Je le conseille. Mais gaffe aux lances.

Les pensées de Gaspard Corbin

Gaspard Corbin en vacances. Rien que de me lever, ça me crève. Alors je me recouche pour récupérer. C'est juste un rythme à tenir.

G C rejoint l'équipe de France des glandeurs cette semaine. Peut-être un espoir de médaille.

G C a l'intention de bosser un peu. Et puis finalement non. Rien que l'intention m'a vidé. J'accepte vos applaudissements mérités.

G C Le verbe bosser a ceci de particulier qu'il ne peut se conjuguer qu'au futur.

Essayez de dire « Aujourd'hui, je bosse ». Eh bien, c'est tout simplement impossible. La preuve, je n'y arrive pas.

G C Je suis sur la piste du Barmadou puisque je lis le dernier bouquin d'Erik L'Homme, ses aventures au Pakistan.

C'est à cause de LUI que je n'ai pas fait mon boulot. Mais j'ai encore le temps, il me reste trois jours (pour finir le livre).

G C À Paris, les rayons du soleil gèlent en plein vol. Le printemps a mis sa moumoute et il souffle sur le bout de ses doigts. Mais nos cœurs sont en surchauffe !

G C Les pervenches fleurissent les pare-brise d'amendes douces, les pollens de bouleaux me donnent envie de me gratter derrière les yeux, j'éternue comme un moteur de tracteur d'après-guerre… Le printemps arrive, frères et sœurs !

G C Je suis sorti sur mon balcon ce matin. Amassée place de la Concorde, la foule, qui avait déjà lu le livre, hurlait « La suite ! La suite ! ». J'ai lancé « Je vous ai compris ! ». C'était un peu gênant quand même. Mais je m'habituerai vite.

G C Tout à l'heure, je suis allé acheter un paquet de Granola. La vendeuse m'a dit « Bonne soirée ». Voilà, depuis la sortie du livre, c'est comme ça tout le temps, une pression qui m'amène à regretter l'époque bénie de l'anonymat. Ô pouvoir des mots !

G C rejoint Fonlindrey. Depuis cet été, le comité des fêtes n'a pas chômé d'après mes renseignements, puisque trois concours de lancer de mortadelle ont mis la commune en effervescence. À mon retour, je vous raconterai. Bonnes vacances ! (C'est à moi que je parle…)

L'auteur

On sait peu de choses de **Stéphane Daniel.** Dès le départ de sa fulgurante carrière, il aurait dissimulé son identité en intervertissant son prénom et son nom. Deux fois. On se perd d'ailleurs en conjectures sur ses motivations. Personne ne le connaissait !

Avant de se lancer dans l'écriture, il aurait exercé divers métiers tels que présentateur du 20 heures (arrivé sur le plateau à 20h15 à cause du RER A, il est viré en 2007), éleveur d'étalons dans un haras normand (sauvagement piétiné par une jument début 2008), pilote de Formule 1 (flashé treize fois à Magny-Cours, il perd tous ses points d'un coup fin 2008) ou encore DJ à Saint-Tropez (lapidé après une heure et demie de Michel Delpech remixé).

Chez Rageot, il croise les doigts.

Impression réalisée par

CPI
BRODARD & TAUPIN

La Flèche

pour le compte de Rageot Éditeur
en mai 2010

Imprimé en France
Dépôt légal : juin 2010
N° d'impression : 57667
N° d'édition : 5194-01